Wer nur den lieben Gott lässt walten
Und hoffet auf ihn alle Zeit,
den wird er wunderbar erhalten,
in aller Not und Traurigkeit.
(Johann Georg Neumarkt 1641)

Verlag und Druck:
tredition GmbH, Halenreie 40-44, 22359 Hamburg

ISBN 978-3-347-02872-2 Taschenbuch
ISBN 978-3-347-02873-9 Hardcover
ISBN 978-3-347-02874-6 e-Book
© 2020 Müller, Manfred
Umschlagillustration: Nach einem Ölgemälde des Autors

Bibliografische Information der Deutschen Nationalbibliothek:
Die Deutsche Nationalbibliothek verzeichnet diese Pub-
likation in der Deutschen Nationalbibliografie; detail-
lierte bibliografische Daten sind im Internet über
http://dnb.d-nb.de abrufbar.

Manfred Müller

Der Ökonomikus

Roman

Er wacht auf. Er hört eine Stimme, die ihn ruft von fern, leise, ein Hauch, aber eindringlich, in einer langgezogenen Endung verhallend:

„Peter Pistorius!"

Er lauscht in die Dunkelheit. Da ist nichts, niemand. Er hört nur ein leichtes Rauschen in seinen Ohren. Es war eine weibliche Stimme, ein warmer Sopran, sanft, aber nicht lockend, eher mahnend. Was hat er getan? Er ist alarmiert:

Was will man von ihm?

„Wo bin ich überhaupt?"

Mit Schrecken fühlt er, dass er nicht weiß, wo er sich befindet. Er schwebt, auf dem Rücken liegend, im Dunkeln, im Nirgendwo. Angst überkommt ihn, fühlbar in der Brust, atemberaubend. Er spürt, wie ihm die Kontrolle über sich entgleitet. Er muss sich zusammenreißen, sich im Griff haben. Er kontrolliert sich immer selbst, hat sich im Griff: Seine Bewegungen, seinen Puls, seine Körperausscheidungen, seine Gefühle, seine Ideen, seine Pläne, seine Kleidung, sein Aussehen, seine Körperhaltung, seinen Gesichtsausdruck, seine Redeweise, sein Wollen, sein Denken, seine Schritte. In einer Endlosschleife gehen ihm diese Kontrollobjekte durch den Kopf, als wären sie ihm Sprossen einer Leiter, auf der er emporsteigt, hinaus aus diesem Zustand. Aber jetzt ist da nichts mehr, was er kontrollieren könnte. Er ist vollkommen ausgeleert. Er ist nicht mehr. Ist er mit seinem Sein am Ende? Jetzt, in der Zeit zwischen zwei Herzschlägen wird ihm etwas zustoßen, etwas noch nie erlebtes. Er fühlt eine sich nähernde, unbekannte Bedrohung, um sich, in sich. Er sollte sein Gesicht schützen, zumindest das Gesicht, mit beiden Händen. Er hat keine Arme mehr! Wo sind, um Gotte Willen, seine Arme geblieben?

„Herr, hilf mir, lass mich nicht fallen, halte mich!"
Sein Flüstern, wie Watte, im so schwer beweglichen Mund, ein Hauch in die Stille. Lang oder nur für Sekunden glaubt er, schwerelos zu sein, gefühllos, zu entschwinden: Wohin? Er hat seinen Körper verloren; er ist nur noch Denken. Irgendwann – ist er inzwischen bewusstlos gewesen oder nur einfach eingeschlafen - irgendwann fühlt er, in seinem Rücken, eine Unterlage, fest, aber nachgiebig in den Schultern und am Po; auch eine Zudecke fühlt er und seine Kleidung: T-Shirt und Boxershorts, die er unvermittelt mit den Händen ertastet, die er verloren glaubte.

Er liegt in einem Bett, ausgestreckt auf dem Rücken! Im Hotel? Das darf nicht sein! Wieso ist er schon wieder im Hotel oder in seiner Wohnung, aber in welcher von beiden? Er erinnert sich nicht an einen Flug. Wie ist er hierhergekommen? Was für ein Tag ist heute? Er findet keine Antworten. Das Rauschen in seinen Ohren wird heftig, pochend, scharf pochend auch sein Herz, Unruhe verbreitend. Hat er schon alles hinter sich oder steht ihm noch dieser schwere Brocken bevor? Er ist nicht bereit;

er ist nicht gefasst, ihm fehlt jegliche Struktur! Dieses ständige Hin- und Herfliegen macht ihn noch ganz verrück! Nicht nur die Flüge von der Kälte in die Wärme, von der Feuchte in die Trockenheit, schlagartig, sondern auch die ständige Hast, den Terminen hinterherzurennen. Schon immer hat er befürchtet: Eines Tages wird er die Orientierung gänzlich verlieren, wird sich selbst nicht mehr finden, oder ist es soweit? Jetzt? Hier, in diesem Bett?

„Lost in Translation"!

Was ist mit der Präsentation? Wie ist sie gelaufen? Er hat nicht die geringste Erinnerung an ein Auftreten, nur einen wilden Gedankenstrom im Kopf! Er versucht, wenigstens einen Gedanken zu erhaschen, festzuhalten. Zuerst wollte er doch diese Präsentation machen, dann den Versuch, sie zu überzeugen oder zu überreden oder sie müde zu schwatzen, bis sie - wie so oft - alles abnickten, um ihn loszuwerden, um sich aus der Verantwortung zu stehlen, in der Hoffnung, er wird es schon richten, wie so oft! Sie lassen ihn allein, wie immer, fast immer.

„Sie machen das schon; wir setzen unser volles Vertrauen in sie, Herr Pistorius."

Und er kann wieder einmal zusehen, wie er aus der Sache heil herauskommt; und falls nicht: Rübe ab! Ihm ist bei diesen Gedanken, als würde ihm sein einziger Halt, die Unterlage, unter seinem Rücken, weggezogen, als fiele er, rückwärts, immer schneller, in ein Loch, in einen

Abgrund. wie in eine Bewusstlosigkeit, die mit Rauschen und Klingen in den Ohren einsetzt, den Schädel leert, als würde er dann zerspringen wollen, um sich schließlich im Nichts zu verlieren. Warum ist es so dunkel um ihn? Er zieht seine Arme unter der Decke hervor. Sie sind da und funktionieren! Mit beiden Händen tastet er um sich, auf eine kühle, glatte Bettdecke. Dann berührt er einen Arm, rechts an seiner Seite, feste, warme Haut: Sie ist da! Sie liegt neben ihm! Ein tiefes, befreiendes Aufatmen hebt und senkt seinen Brustkorb: Es kann nur sie sein. Er hat nichts mit einer anderen Frau zu tun. So hat er keinen Zweifel: Es ist Susanne. Also ist er in seinem eigenen Bett. Er ist zu Hause, daheim, und Wärme durchströmt ihn. Jetzt weiß er auch: Es ist Montag! Er ist gestern zurückgekommen, am Sonntag, dieses Mal so spät, nicht am Freitag, wie üblich, weil sie ihm die Präsentationsmappe nicht rechtzeitig, zum gewohnten Abflug, fertiggestellt hatten. Er ist nicht im Hotel oder in seiner anderen Wohnung. Er hat noch alles vor sich. Er muss in die Zentrale. Heute hat er einen wichtigen Termin beim Vorstand; er darf, er muss, er will seine Idee zur Rettung seiner Firma vortragen. Er muss antanzen, er darf!
Mit den Fingerspitzen streicht er über ihren warmen Arm, der ihn gerettet hat, aus seiner Verlorenheit, streicht bis zur Handfessel und zurück zum Ärmelansatz ihres Nachthemds, das er gesehen hat, als sie nach ihm ins Schlafzimmer kam und sich, stehend im Bett, wie kleine

Kinder ins Bett steigen, an seine Seite fallen ließ, wobei das Bettgestell beängstigend aufstöhnte.

Nun erinnert er alle Einzelheiten ihres Zusammenseins. Er hält sie fest, um sich, mit zunehmender Erleichterung, zu vergewissern, dass er wirklich da ist: Sie haben sich „Gutenacht" gesagt, beide schon im Bett; schläfrig waren sie, nach der langen, aber so wohltuenden Unterhaltung, bis tief in die Nacht. Er hat sich im Bett, an ihrer Seite, aufgestützt auf den rechten Ellbogen, über sie gebeugt und ist mit dem Zeigefinger über ihre schweren Augenlider, über ihren kurzen, feinen Nasenrücken und über ihre seltsamen, in ihrem Verlauf für ihn unergründlichen, Lippen gestreift. Sie lächelte, mit geschlossenen Augen, und ist mit diesem Lächeln eingeschlafen. Sie schläft meistens schnell ein, oft schon, während sie sich noch ins Bett kuschelte.

Es gelingt ihm nie, ihren Mund auf Anhieb zu zeichnen, wenn er ein Porträt von ihr machen will, in ruhigen Stunden, die so selten geworden sind. Ihre Oberlippe ist schmal geschwungen und die Unterlippe kurz und voll, was ihrem Gesicht eine scheue Heiterkeit verleiht; entweder gerät ihm ihr Mund zu lustig oder zu streng; beides ist sie nicht. Er zeichnet viel zu wenig. Er hat seine Leichtigkeit und Treffsicherheit verloren. Er hat keine Zeit und, schlimmer noch, keine innere Ruhe. Es ist traurig, womit er seine Zeit verplempern muss und seine eigentliche Bestimmung, seine wirkliche Lebensaufgabe brach liegen lässt. Das wusste er schon als Junge, dass er für die Kunst bestimmt ist. Das spürt er jetzt noch, wenn er einmal ein Bild zustande bringt: Diese tiefe Befriedigung, diese Erfüllung, dieses Ankommen bei sich selbst. In seiner ganzen Arbeit erlebt er das nie. Auch wenn er mal ein scheinbar unlösbares Problem löst, wenn schwere Aufgaben erfolgreich erledigt sind, erwartet er allenfalls ein Wort der anderen. Zu sich sagt er nur: Geschafft, mehr nicht! Aber jetzt ist es zu spät, sich an solche Träume hinzuhängen. Das Malen bringt nichts ein. Sein Vater hat ihn mit dem Satz gequält:

„Ich kann nicht zulassen, dass du verhungerst". Als Junge hat er sich oft gesehen, wie er verhungert, genauer, wie er verhungert ausschaut. Aber er hat trotzdem gezeichnet und gemalt, während seine Freunde auf der Straße Fußball spielten. Als eine Galeristin seine große Tuschezeichnung kaufte - er war erst vierzehn Jahre alt - war für ihn endgültig klar: Er muss Maler werden, und zeichnend und malend und schreibend wird er durch die Welt ziehen. Seinem übermächtigen Gefühlsleben muss er, mit seiner kreativen Kraft, die ein Lehrer ihm zugesprochen hat, Ausdruck verleihen. Aber seinem Vater rührte seine Zwänge und Träume nicht: Er, der Feingliedrige, der Traumtänzer, sollte Starkstromelektriker werde, weil der Vater Elektroingenieur war. Wie wäre sein Leben verlaufen, wenn er sich damals durchgesetzt hätte?

Damals war das unmöglich, gegen dieses donnernde Diktat anzugehen:

„Solange du deine Beine unter meinen Tisch stellst, hast du das zu machen, was ich sage." Wie wäre alles gekommen, wenn er damals schon davongelaufen wäre und nicht erst so viel später?

Susanne hätte er dann nicht getroffen, oder doch? Sie waren ja für einander bestimmt. Der Himmel hätte sie sicher auf einem anderen Weg zusammengeführt. Bei allen wichtigen Dingen im Leben hat der Himmel seine Hand im Spiel; vielleicht bei allen Dingen, denn alles hängt ja von allem ab, glaubt er. Zufälle gibt es nicht!

Er erinnert sich weiter: Nach seinem nächtlichen Fingerspiel in ihrem Gesicht hatte er die Nachttischlampe gelöscht, seine Hand auf sie gelegt, und so ist auch er eingeschlafen.

Jetzt erst bemerkt er, dass er seine Augen fest zusammengepresst hält. Daher die Dunkelheit! Sie schmerzen ihm. Auch seine Stirn schmerzt; sie ist stark gerunzelt und schweißnass. Er glättet sie, indem er, immer noch ausgestreckt auf dem Rücken, versucht, seinen Kopf zu leeren von diesem unaufhörlichen Gedankenstrom. Er atmet in langen, weichen Zügen aus und ein. Er hört dem Atmen zu.

„Ich werde geatmet", flüstert er, und seinen, nunmehr klar ausgesprochenen Worten, lauscht er nach, wie sie in die Stille eindringen und versinken. So entspannt sich sein Gesicht. Er öffnet seine Augen. Er sieht, einen dünnen Lichtstrahl, durch einen Spalt im Rollladen, ins Zimmer fallen, quer über sein Bett, über ihren Arm, über ihre zerwühlte Bettdecke und sich dahinter verlieren. Schemenhaft beleuchtet ein feiner Schimmer den Raum. Er weiß, dass eine Straßenlaterne ihr Licht durch das, zu dieser Jahreszeit durchsichtige Blattwerk, auf ihre Hauswand wirft und ihr Schlafzimmer hell beleuchten würde, wenn sie nicht die Jalousie herunterließen, was er gestern etwas nach lässig gemacht hat.

Ihr Arm liegt so nah bei ihm, dass er sich nicht gänzlich zu ihr hinwenden kann ohne Gefahr zu laufen, sie aufzuwecken. Er möchte sie umfassen, ihre Ruhe und Wärme aufnehmen, ohne ihren Schlaf zu stören. Ihr Kopf liegt auf der Seite, ihm zugewendet, halb unter der Zudecke verborgen. Er sieht ihre dunklen Haare, die über ihrem Gesicht und dem weißen, aber jetzt fahlen Kopfkissen verteilt sind, in dunklen Schlangenlinien, kaum wahrnehmbar, im Dämmer des Raums.

Er liegt also auf dem Rücken, seine Hand noch immer auf ihrem Arm, seinen Kopf ihr zugewandt, und fühlt sich zerschlagen, unausgeschlafen, kraftlos, mutlos. Im ist, als wäre er einem schweren Anfall entkommen oder hätte ihn durchgemacht, bewusstlos oder am Rand der Bewusstlosigkeit. Wie kann er da heute antanzen, Kraft, Optimismus, Durchsetzungsvermögen, Entschlossenheit, was sie von ihm erwarten, ausstrahlen? Er tastet nach

dem Wecker. Mit der linken Hand fährt er der Nacht-
tischkanten entlang, ohne seinen Kopf zu drehen, findet
mit den Fingerspitzen die Tischplatte. Er stellt die Uhr
immer in ihr vorderes Dreieck. Auf diesem Weg kann er
sie blind greifen. Mit einem Blick auf die Leuchtziffern
stellt er fest, dass noch drei Stunden, bis zum Aufstehen,
verbleiben. Dies befriedigt ihn zunächst. Um ausgeruht
aufstehen zu können. müsste er jetzt sofort einschlafen.
Aber er fühlt sich in einem unruhigen, aufgewühlten
Wachzustand, so als wäre in ihm alles durcheinandergera-
ten: Sein Herz, seine Lunge, alle Organe und Blutbah-
nen und Zellen und Säfte und würden in einem wilden
Getümmel ihre alten Positionen und Arbeitsplätze suchen.
Nein, heute kann er überhaupt nicht aufstehen! Den ganzen Tag oder zumindest lange muss er so liegen, ihrem
beruhigenden Atmen zuhören und ihren warmen Arm
festhalten und sich an sie schmiegen, später und sie umfassen mit seinem linken Arm, sobald sie sich auf die
Seite legt. Wer oder was könnte ihn zwingen zum Aufstehen, zum Antanzen, zum Präsentieren? Immer ist er
parat gewesen, so selbstverständlich und zuverlässig ein-
satzbereit. Sie sind verwöhnt, er ist immer da. Heute
kommt er einfach nicht. Er ist krank. Es gibt keinen Er-
satzmann. Sie brauchen ihn. Wie oft dachte er, heute feu-
ern sie dich. Wie oft ging er in die Firma, am Morgen und
wusste nicht, ob er am Abend noch dazugehörte. Aber

jetzt sind bessere Zeiten. Er hat sich genug geplagt. Er hat eine sichere Position erreicht. Sie sind auf ihn angewiesen. Er ist unersetzlich. Er ist sein eigener Herr, der heute leider verhindert ist!

Er nimmt seine Hand von ihr, dreht sich zu ihr auf die Seite, so nahe zu ihr, dass er den Geruch ihrer Haare, warmes Fett und Lavendel, aufnimmt ohne ihren Arm, mit dem Körper, zu berühren, legt seine Hand auf ihre Bettdecke, fühlt ihren flachen Körper, der sich sanft hebt und senkt, im Zweiertakt ihres Nachtlieds, und wartet in dieser Lage, bis sie sich umwenden würde und schläft während des Wartens ein.

Kurze Zeit danach, so glaubt er, schreckt ihn das Schrillen des Weckers auf. Wieder liegt er auf dem Rücken, lang ausgestreckt. Er dreht sich auf die Seite und wuchtet sich mit beiden Armen seitwärts aus dem Bett. Diesen Trick hat ihm einmal eine Therapeutin gezeigt, zur Entlastung der Wirbelsäule. Er bleibt an der Bettkante sitzen. Er sitzt zusammengesunken, mit rundem Rücken. Seine nackten Beine frieren. Er versucht sein Morgengebet. Schlaftrunken und im Nachklang seiner wirren Nachtgedanken, geraten ihm die gewohnten Sätze durcheinander:

„Das ist der Tag, den der Herr gemacht hat. Lasst uns froh sein und ihn preisen! Vater unser im. Um 7.15 Uhr muss er los. Herr, vergib uns unsere Schuld. Welche Schuld? Wollte er nicht liegenbleiben? Unsinn! Wie auch wir vergeben unseren Schuldigern. Da gibt es genug. Der Schlimmste ist Klausmann. Der wird heute auch dabei sein. Wenn er ihn schon sieht, durchströmen ihn Hass und Angst und so etwas wie Zuneigung, obendrein, alles gleichzeitig. Es ist seine riesige Gestalt, die lässt ihn so überlegen auftreten und seine Hochnäsigkeit. Tatsächlich hat er wenig im Kopf. Hat er ihn doch einmal vertraulich gefragt:

„Sag mal Pistorius, wir im Vorstand reden immer von Umsatzrendite. Was halten Sie davon?"
Er hatte es ihm erklärt, obwohl er seinen Ohren nicht traute, was er da gehört hatte. Es ist eines der simpelsten Kennzahlen der Betriebsführung! Der andere sagte, er habe sich das schon so gedacht, aber er wollte das nochmal von einem Fachmann hören. Und führe uns nicht in Versuchung, sondern erlöse uns von dem Bösen. Bergler wird ihm vielleicht wieder die Leviten lesen, dem Klausmann, auf seine unnachahmlich freundliche Art. Er hat ihn wohl richtig eingeschätzt. Er hat eine besondere Fähigkeit, andere für sich arbeiten zu lassen und das für sein eigenes Werk auszugeben. So verlangte er von ihm ein Exposee, das er auf keinen Fall unterschreiben sollte, damit er es noch in die passende Form bringen könne, wie er vorgab. Aber er hat diese seine Ausarbeitung, im Vorstandsprotokoll entdeckt, unverändert, im Original, mit der Unterschrift vom Klausmann.

Was für ein Durcheinander in seinem Kopf! Er muss noch einmal anfangen:

„Vater unser im Himmel, geheiligt werde dein Name. Aber wenn er um 9.30 Uhr Termin hat, und eine Viertelstunde vorbereiten will, dann muss er um 8.30, sicherheitshalber, um 8.15 losfahren und nicht um 7.15! Oder hat er seinen Termin um 8.30 Uhr? Er hat doch gestern ausgerechnet, dass er um 6 Uhr aufstehen wird. Herr, steh mir bei! Er muss seine Aufzeichnungen nochmal durchsehen."

Mit Beinen, Armen, Schulter und Kopf macht er, hintereinander, gymnastische Bewegungen, und zählt dabei, jede Bewegung, im Rhythmus seines Herzschlags, einundzwanzig Mal. So zählt er sich, an der Bettkante sitzend, gleichsam, mit jeder Bewegung, näher in den Tag. Durchblutung ist alles, denkt er! Er muss nur immer für ausreichende Durchblutung sorgen, in seinen Arterien und Adern und Muskeln und Gelenken und Herz und Lunge und sämtlichen anderen Organen und Gehirn - halt: im Gehirn darf kein Blut sein – dann wird sein Körper alles Übrige richten, um zu funktionieren. Eigentlich müsste er fordern: Funktionieren ist alles! Ihm fällt ein, er hat nur halb gebetet. Das muss er nachholen, unterwegs. Gott ist überall und an keine Zeit gebunden und an seine Gebete auch nicht. Aber er braucht ihn und klammert sich an solche Riten und befürchtet Unheil, falls er sie vernachlässig, obwohl er weiß, dass dies irrational ist, doch das Gefühl und der Kopf sind sich da nicht einig. Es geht nicht darum, was er tut, sondern wie er es tut; es geht um seine Absichten. Dann stellt er sich auf, richtet sich auf, hoch reckt er seinen vom Liegen geschrumpften Körper, blickt zur dämmrigen Zimmerdecke und sagt, leis:

„Mit Gott, unserem Vater im Himmel", wobei er sich vorstellt, manches Mal sogar fühlt, er wird an beiden Schultern gefasst, mit sanften Armen und einem wohlwollenden Blick, und so in den Tag gestellt.

Lange hat er gebraucht, „Vater" sagen zu können, ohne wieder die Minderwertigkeit und Lächerlichkeit des kleinen Peters zu empfinden, ohne die Ängste, ohne die Beschimpfungen, ohne die Anordnungen, ohne die gestotterten Rechtfertigungen, ohne das Langziehen der Ohren und die Knöcheln an seinem Kopf und ohne den niederschmetternden Satz:

„Aus dir wird mal nie etwas werden."

Lange hat er gebraucht, „Vater" zu sagen mit Vertrauen, mit dem Wunsch nach seiner Nähe, zu dem, der ihm hilft, der seine Schwäche und Unfähigkeit annimmt, der auf seiner Seite ist, der zu ihm steht, und an den er sich wenden kann, wenn er nicht mehr weiterweiß, und der ihn nicht hängen lässt.

Er geht also aufgerichtet, tappt tapfer auf seinen nackten Füßen, auf dem glatten, kühlen Holzboden, aus dem Raum, während er seinen Kopf zur Schlafenden wendet und in Richtung des dunklen Haarwirrwarrs flüstert:

„Mach´s gut, meine Liebe, und drück mir die Daumen, heute besonders fest."

Sie liegt noch immer verdeckt unter der Bettdecke. Er darf sie nicht aufwecken, weil sie ihren Schlaf, an ihrem freien Tag, braucht – sie arbeitet zu viel – und sie seinen Zustand, seine Nervosität, sein Unausgeschlafensein, sein sicherlich stark zerknittertes Gesicht nicht sehen soll. Sie macht sich sonst Sorgen. Sie sagt immer:

„Wenn es dir gut geht, geht´s mir auch gut."

Den Umkehrschluss will er ihr nicht zumuten, nicht heute. Er wird sie anrufen, sobald er in der Firma ist. Wenn er auf Reisen ist, telefonieren sie jeden Tag, morgens und abends, miteinander, seit Jahren. Sie erzählen sich, wie ihre Nacht war und wie ihr Tag verlaufen ist. Das gibt ihm Halt und das Gefühl, nicht allein zu sein und ihr die Sicherheit, dass er sich, auch von fern, um sie kümmert und sorgt. Unangenehmes, Probleme vermeidet er zu erwähnen. Er will sie nicht beunruhigen. Er will ihr das Gefühl vermitteln, er habe alles im Griff und gleichzeitig will er ihr Halt geben. Er spürt ihre zunehmende Erleichterung, während sie ihm ihre Tagesgeschichten erzählt, ihre Probleme mit ihren Mitarbeiterinnen, mit der vertrackten Stadtverwaltung, mit den Eltern, die nicht einsehen wollen, dass ihr Kind nicht zu den Hochbegabtesten gehört. Auf der einen Seite empfindet sie eine tiefe, warme Zuneigung für „ihre" Kinder und wird von ihnen

angehimmelt, auch wenn sie längst der Schule entwach-
sen sind. Auf der anderen Seite sind ihr Verwaltungsar-
beiten und deren Urheber im Amt ein Gräuel. Da kann er
ihr Ratschläge geben und helfen und fühlt sich dabei für
kurze Zeit abgelenkt von seinen eigenen Problemen oder
relativiert sie in ihrer Bedeutung, bis hin zur Bedeutungs-
losigkeit, wenn er mit einem Schlag erkennt, da will sich
ein Rechenknecht nur wichtig machen und hat ihn, also
seine Firma, als willkommenes Opfer auserkoren, denn
viele glauben, je weiter eine Tochterfirma vom Mutterhaus entfernt liegt, desto dümmer ist sie.

Im Badezimmer ist es hell und rötlich: Die Sonne geht
auf. Ihre roten und gelben Strahlen brechen sich im Rif-
felglas des Fensters, und sprühen Funken, hundertfach, in
den Raum. Der ist warm, nicht von der Sonne, sondern
von der Zentralheizung, die zu dieser frühen Uhrzeit
schon arbeitet. Er zieht sich aus hängt sein Shirt und seine
Shorts an einen Hacken und steht nackt im Warmen und
betrachtet weiterhin das Farbenspiel am Fenster. Die
Sonne rückt höher und verliert ihr rotes Feuer, und das
gelbe Licht wird immer gleisender und verteilt sich fun-
kelnd über das ganze Fensterglas und besprenkelt die
Luft und seine nackte Haut. Er wendet seinen Blick nicht
ab, während er beginnt, seinen Körper zu massieren:
Auch eines der vielen Rituale, die er täglich absolvieren
muss, um in Funktion zu kommen und gleichzeitig Unheil zu vermeiden. Mit beiden Händen umfasst er seinen

harten Hals, dessen Muskelstränge am Morgen immer schmerzen - heute besonders mangels ausreichender Durchblutung, in dieser kurzen Nacht - und knetet ihn mit den Fingerspitzen. Dann packt er seine festen Brustmuskeln und bearbeitet sie ebenfalls in kreisenden Bewegungen, das Gleiche an seinem Bauch. Wenn er wollte, könnte er sich ein Sixpack antrainieren, aber Sport ist nicht seine Sache; die Möglichkeit etwas tun zu können, genügt ihm. Seine Hüften, als könnte er den Speck auf diese Art loswerden, rubbelt er heftig auf und ab. Die Beine massiert er, von den Fußfesseln aus, nach oben. Ihre Muskeln sind ausgeprägt und hart, stellt er jedes Mal mit Befriedigung fest, als könnte sich ihr Zustand von einem Tag auf den anderen ändern. Das kommt vom vielen Gehen, sagt er sich. Das ist genug Sport getrieben! Seinen Penis und seinen Arsch lässt er unberührt; da will er heute keine Regungen provozieren. Er braucht einen klaren Kopf. Er muss funktionieren, das heißt, sein Körper muss das machen, was sein Kopf will; ohne eigene Regungen oder Widerstand muss er mitspielen; punktgenau muss er fit sein, wie ein Sportler am Start. Sein Start wird die Präsentation sein. Er will alles auf eine Karte setzen. Die ersten Sekunden sind entscheidend! Allein schon sein Erscheinen, sein Auftreten muss sie für ihn, für seine Sache einnehmen. Sie fassen gern nur das große Ganze in den Blick. Kleinkram ist für die Angestellten. Er will ihnen einen Garanten vorspielen, der alles passend macht, der alles schon richten wird, der alles fest im Griff hat und alles durchblickt, so utopisch, wie seine Ideen ihnen auch erscheinen mögen. Risiken gibt es keine. Das wird er ihnen zuerst klarmachen. Sie können nur gewinnen! Seinen Vortrag hat er laut eingeübt: Haltung, Ausdruck, Gesten, alles perfekt! Er ist von sich selbst begeistert. Ab und zu eine Folie auflegen, bunt, mit ein paar dicken Zahlen und Kurven garniert, wie ein abstraktes Bild: Sie werden Augen machen! Er wird mit Fachbegriffen um sich schmeißen, mit Anglizismen, dass ihnen die Sinne vergehen und sie schließlich ausrufen:

„Das machen sie so! Wir haben vollstes Vertrauen. Berichten sie periodisch über den Fortschritt. Viel Glück!"
So wird das heute laufen, auch wenn er im Moment noch etwas schwach ist

Dann stellt er sich unter die Dusche. Heiß und kalt soll seine Müdigkeit herausgespült werden. Er trocknet sich ab und empfindet eine warme, durchblutete Schlaffheit, die ihn zwingt, sich auf die Holzbank zu setzen. Er lässt seinen Kopf und seine Arme hängen und wartet, bis sein Herz wieder in seinen alten Schlag fäll - 60 Puls in der Minute - und diese seltsame Kurzatmigkeit aufhört und das Rauschen in seinen Ohren nachlässt. Hat er denn soviel Zeit, hier herumzusitzen? Vielleicht war es ein bisschen viel in letzter Zeit: Die Fliegerei, die Vorbereitungen zur Präsentation, zusätzlich zu seinem enormen Arbeitspensum, Interesse zu wecken für sein Anliegen, diese endlosen Telefonate, bis Bergler endlich sagte:

„Na, dann kommen sie halt mal und zeigen sie uns, was sie so haben."

Dann die nervigen Bemühungen, sie alle unter einen Hut zu bringen, heute, Montag um 8.30 Uhr, oder war´s doch 9.30? Er hat ein so scharfes Zahlengedächtnis, warum bekommt er diese lächerliche Zahl jetzt nicht auf die Reihe? Die sprühenden Sonnenstrahlen auf der Fensterscheibe sollten ihn endlich munter und froh machen. Es gibt andere, schönere Dinge als seine tägliche Krämerei. Die Natur und ihr Schauspiel, zum Beispiel: Die Lichterorgie am Morgenhimmel, das Erwachen der Farben, das Glitzern der Tautropfen. Man muss dafür einen Blick haben, der nicht verdorben ist von schriller Reklameflut ringsum. Den hat er sich bewahrt; den braucht er für seine Malerei, zurzeit leider nicht, aber irgendwann…

Manchmal geht er nach dem Aufstehen in den Garten und beobachtet die Natur. Unter dem fahlen Morgenhimmel träumt sie noch ihre letzten Träume eingehüllt in die grauen Nachtschatten. Die Bäume sind noch schwarze Scherenschnitte am Himmel, der zunehmend höher und heller wird. Er beobachtet, wie das Mausgrau auf den Blättern und das Dunkelgrau, dazwischen, davonschleichen und dem Erwachen der Farben Platz machen: Einem Moosgrün und einem Grasgrün und einem Smaragdgrün.

Er sieht, wie die Blumenköpfe sich aus dem Schlaf erheben und ihre lichten Farben überziehen: Rosenrot und Zinnoberrot und Cremeweiß und Kobaltblau. Er hat vergessen, seine Zähne zu putzen! Eine drastische Störung seines Rituals! Sie müssen immer vor dem Duschen geputzt werden. Er verfolgt einen strikten Ablaufplan am Morgen. Das gibt ihm die Sicherheit, dass er funktioniert, beziehungsweise, dass er in Funktion kommt und alles getan hat, was an ihm liegt, Widrigkeiten des Tages und Unheil zu vermeiden. Noch einmal macht er sich nass; noch einmal muss er sich abtrocknen! In einem plötzlich aufkommenden Anfall von Wut oder Unbeherrschtheit - wohl angesichts der vielen Querelen dieser Nacht und des frühen Tagesbeginns, wie er sich selbst rechtfertigt - wirft er das Handtuch auf den Boden, auf die beigen Fliesen mit den blauen Rändern, und will darauf, mit einem Aufschrei, herumtrampeln, besinnt sich jedoch auf seine schlafende Frau, nebenan, und hängt das Tuch still, nach Beherrschung ringend, auf die Stange zurück. Er sieht auf sein Glied, das schlaff an ihm herunterhängt. Ein Gefühl von Hilflosigkeit überfällt ihn: Alles Staffage, was er hier treibt, Hokuspokus nur! Er wollte heute nicht aufstehen, liegenbleiben wollte er, am besten den ganzen Tag! Das hat er nun davon! Alles hängt an ihm herunter: Sein Kopf, seine Schultern und das da auch! Er muss fit werden für seinen Auftritt. Er muss optimistisch wirken, agil, tatkräftig, unerschütterlich, kampfbereit, ellenbogenstark. Er muss ihnen zeigen, dass er vor Kraft und Unternehmungslust nur so strotzt, dass er sein Herzblut für sein Vorhaben hergeben will. Das ist die höchste Anerkennung bei ihnen: Der gibt sein Herzblut!

Wieder macht er gymnastische Bewegungen: Kniebeugen: Er schwankt zur Seite und muss sich abstützen beim Aufrichten, hochstrecken, Beine anziehen, er muss sich dabei festhalten, wieder zur Kniebeuge und wieder festhalten. Er gibt es auf. Er bringt heute nichts zustande. So alt ist er doch noch nicht, mit seinen fünfzig Jahren! Er kümmert sich viel zu viel um seinen Kopf, zu wenig um seinen Körper, als sei er nur ein Anhängsel unter seinem Kopf, das mitspielen muss, ungefragt, selbstverständlich: Ein Diener seines Herrn.

„Mens sana in corpore sano", kommt ihm in den Sinn. Das galt für die schönen Römer, mit ihren schönen Körpern und ihren schönen, klaren Gedanken, in ihrer schönen, klassischen Welt, nicht für sein verknotetes, verwirrtes, vertracktes, kompliziertes Werkeln. Verzweiflung kann er nicht gebrauchen, heute schon gar nicht.

„Herr, steh mir bei! Schau auf dein Kind. Heute benötige ich deinen Blick besonders!"

Er sollte sich mehr um seinen Körper kümmern; ihn ernst nehmen. Ungewohnte Regungen nicht mehr abtun, sondern als Signale annehmen, die er ihm sendet. Sie sind zu zweit, er und sein Körper, zwei Persönlichkeiten, die ihr Eigenleben haben, aber einander brauchen. Er ist für ihn verantwortlich, muss für ihn sorgen und dafür hilft er ihm. Ist er doch ein Geschenk, ein wertvolles. Er vertraut auf seine Selbstheilungskräfte. Arzt und Pillen meidet er. Wenn er nur mehr Zeit hätte, für ihn, und vor allem mehr Ruhe. Er sollte sich das nochmal genau durchdenken und einen Aktionsplan aufstellen, zur Körperertüchtigung.

Er geht aus dem warmen Raum in den kühlen Flur, an der Tür seiner schlafenden Frau vorbei: Nackt, so wie er ist, würde er sich liebend gern an ihre Seite legen, ihre Haut, ihre Wärme fühlen und warten, bis sie aufwacht. Die Schlaftrunkene würde sich sofort ihm öffnen, stellt er sich vor, während er mit seinen nackten Füßen über den glatten Holzboden patscht oder sie würde erschrecken, ihn bei sich zu fühlen, um diese Uhrzeit. Er würde ihr ins Ohr flüstern, sie hätten alle Zeit der Welt, während er sie sanft streichelt, denn er gehe heute nicht in die Firma. Auch solche Vorstellungen sollte er heute fallen lassen; sie stören seine Einsatzbereitschaft.

Im Ankleidezimmer, am Ende des Flurs, sieht er mit Erleichterung, dass er seine Kleidung schon gestern zurechtgelegt hatte. Die Entscheidung, was er anziehen sollte, hätte ihn jetzt überfordert. Über seine Unterwäsche legt er seinen Harnisch an, sein Kettenhemd und den Hodenschutz. Diese erdachte Kostümierung braucht er für seinen Auftritt, auf der Bühne des Firmentheaters, das sein Leben geworden ist, sein Leben, ein Bühnenauftritt! Er spielt, wie alle, eine Rolle. Sie wurde ihm übertragen; er hat sie übernommen, egal, ob sie ihm liegt oder nicht. Auf den Leib ist sie ihm nicht geschrieben. Das war auch nie eine Frage. Er ist gewappnet! Darüber noch den leichten Zwirn, grau mit feinen, hellblauen Streifen und das weiße Hemd mit der dunkelblauen Seidenkrawatte. Für das Hauen und Stechen ist er gerüstet. Sein scharfes Denken dient ihm als Schwert. Leise, mit rauer, schlafbelegter Kehle, singt er:

„Wer jetzo Zeiten leben will, muss ham ein tapfres Herze.

Es sind der argen Feind so viel, bereiten ihm groß Schmerze.

Da muss man stehn ganz unverzagt auf seinem blanken Schwerte,

dass sich der Feind nicht an uns wagt, es geht um Ruhm und Ehre".

Sein altes Pfadfinderlied! Da saßen sie nachts am Lagerfeuer und sangen drauflos, mit den Gitarren, den Klampfen, und die Nachtkühle vom Wald im Rücken und vorn das prasselnde Feuer und den beißenden Rauch. Sie, die kleinen Buben, sangen vom harten Lebenskampf und wussten nichts davon. Sie sangen auch von Liebe und Tod, und fühlten sich so stark, von diesen Dingen vollkommen unberührt. Er war einer der Jüngsten, schon

Gruppenführer, Sippenführer, nannten sie das. Wahrscheinlich war er doch kein so feingliedriger Traumtänzer, sonst hätten sie ihn nicht in dieses knochenharte Amt
gewählt. Er war anerkannt, er war beliebt. Dieser Gedanke hilft ihm immer auf die Beine, wenn er an sich
zweifelt. Seine sieben, acht Jungs hatte er um sich sitzen,
am Lagerfeuer: Ulrich von Hutten hießen sie. Auf diesem
Lager hatten sie ihren eigenen Wimpel bekommen, feierlich, dunkelblau mit der weißen Lilie und dem Wappen –
zwei goldene Schrägbalken auf rotem Grund - ihres Na-
mengebers, ein Ritter und Dichter und Rebell, der eigentlich viel zu groß war für ihren kleinen, jungen Haufen.

Er ging dann mit seinen Jungs ins Zelt, vor den anderen. Die saßen noch und er hörte ihr Murmeln und ihr
leises Singen ab und zu, bis in den Schlaf. Der von seiner
Mutter handgenähte Schlafsack schützte ihn wenig vor
der Waldkühle und der aus den Wiesen steigenden
Feuchtigkeit. Aber in den fernen Stimmen seiner Freunde
und dem Rauschen des Walds fühlte er sich geborgen.

Das extreme Duschen hat sein Blut zu sehr in Wallung
gebracht. Er schwitzt jetzt schon. Er fühlt jetzt schon den
Schweiß in seinen Achselhöhlen. Das Unterhemd wird
gleich durchnässt sein. Das weiße Hemd wird gleich
durchnässt sein. Die Anzugjacke auch! Wieder überkommt ihn Wut: Heute funktioniert nichts, wie es funktionieren soll. Was soll das noch werden? Er reißt seine
Kleidung vom Oberkörper, wirft sie auf den Stuhl und

trocknet sich mit irgendeinem Stoff die Achselhöhlen. Dabei setzt er sich auf den Stuhl, auf den Kleiderhaufen, und versucht, sich zu beruhigen. Er atmet tief ein und aus. So geht das nicht weiter, denkt er. Er muss sich zusammenreißen. Sein Puls jagt weit über die 60er Marke hinaus. Das weiß er, ohne zu zählen. Wieder diese Kurzatmigkeit! Wie lange kann er dieses Herumsitzen sich noch leisten? Die Firma erscheint ihm plötzlich mit einer unüberwindlichen Burgmauer umgeben. Der Pförtner, der morgens vor seiner Loge steht und ihn so freundlich mit Namen begrüßt:

„Guten Morgen, Herr Pistorius. auch wieder mal im Lande?", der ist verschwunden. Er findet keinen Eingang, nur hohes Bruchsteinmauerwerk vor seinen Augen. Aber er muss da hinein! Er hat einen wichtigen Termin mit wichtigen Personen und wichtigen Entscheidungen. Ein beklemmendes Angstgefühl überfällt ihn. Er muss sich bewegen, sonst fällt er noch vom Stuhl! Dieses Hirngespinst vertreibt er aus seinem Kopf, indem er wieder an ihr Lagerfeuer denkt: Zunächst mussten sie Holz sammeln, im Wald, sobald sie erschöpft, meistens, ankamen, zum Lagerplatz, am Waldrand oder auf einer Lichtung; Berge von Holz verbrauchten sie, nicht nur fürs Lagerfeuer; während der Nacht, auch zum Kochen, in den großen Töpfen, die sie über das Feuer hängten, mit einem Dreibein. Sie hatten immer Hunger, obwohl sie viel kochten, einfachste Sachen, oft angebrannt, die Suppen und Kartoffeln. Heute hat er selten echten Hunger. Für seinen einfachen Bedarf ist er mit zu viel Lebensmittel umgeben, ganz zu schweigen, von diesen Geschäftsessen in Luxusrestaurants.

Er geht in die Hocke, auf die Zehenspitzen, breitet die Arme vor sich aus, die Handflächen nach oben, starrt auf den Blumentopf vor sich am Boden und verharrt so regungslos, mehrere Minuten, bis sich sein Puls besänftigt hat und das Strömen in seinem Körper aufhört, und er wieder da ist.

„Herr, ich brauche dich heute. Schau auf deinen armen Diener."
Dann richtet er sich auf, holt neue Wäsche aus dem Schrank und zieht sich an.

Er verlässt das Ankleidezimmer, den Flur hinunter, vorbei an der geschlossenen Schlafzimmertür, unterdrückt das Verlangen, sie zu öffnen und seinen Kopf hindurchzustecken, um die Schlafende nochmal zu sehen, um ihr Bild in seinen Tag mitzunehmen, so halbverdeckt von Haaren und Bettdecke, und geht in die Küche, sein Frühstück zu bereiten.
Er macht sich Tee. Dabei beachtet er eine immer gleiche Griffabfolge, wie die Akkordarbeiter an den Maschinen. Jede seiner Bewegungen ist rationiert auf den kürzesten Weg, ohne Wiederholungen: Mit der linken Hand greift er nach dem Wasserkocher, mit der Rechten öffnet er den

Wasserhahn und füllt den Kochtopf, stellt ihn zurück auf die Heizplatte und schaltet ebenfalls mit der Linken den Strom ein. Dann greift er mit dieser Hand, unmittelbar über dem Kocher, an den Türgriff des Hängeschranks, öffnet und fährt mit der Rechten, wobei er die Schulter leicht nach vorn dreht, in den Schrank, entnimmt die weiß, feuerfesten Teekanne, stellt sie auf die Anrichte, nahe zum Wasserkocher, und mit der freien Linken holt er die Teedose, behält sie in der Hand, entfernt den Deckel mit der Rechten, legt ihn auf die Anrichte, geht mit dieser Hand zurück, entnimmt die Kamille mit den Fingern, streut sie in die Teekanne, stellt die Teedose zurück in den Schrank, schließt mit dieser Hand die Tür des Hängeschranks wieder. Der Vorgang, sein rhythmischer Morgentanz, in höchster Geschwindigkeit absolviert! Bis das Wasser kocht, richtet er das Frühstück, auch für Susanne, mit ebenso auszirkulierten Handgriffen.

Nach einigen Minuten befüllt er die Teekanne, die ganze Kanne voll Tee, den er nie austrinken wird, auch Susanne nicht, weil sie zum Frühstück nur Kaffee nimmt. Die volle Kanne, ein Beweis seiner Unmäßigkeit, denkt er. Nie findet er ein Mittelmaß, alles oder nichts! Feine Dosierungen sind ihm zuwider oder er ist unfähig dazu. Nie findet er den goldenen Mittelweg. Er sehnt sich danach, aber es gelingt ihm nicht. Er isst viel oder gar nichts. Er trinkt sinnlos oder nichts. Er ist tiefbetrübt oder hochfliegend euphorisch. Er sehnt sich nach der Friedlichkeit, der

Ausgeglichenheit in der Mitte, aber das ist nicht für ihn bestimmt, sagt er sich. Er muss damit zurechtkommen, so wie er halt nun mal ist, so wie er geschaffen wurde: er muss sich weiterhin mit den Extremen quälen.

„Herr, gib uns, was du willst, ein Liebes oder Leides; wir sind vergnügt, dass beides, aus deinen Händen quillt. Mögest mit Freunden und mögest mit Leiden uns nicht überschütten, denn in der Mitten liegt holdes Bescheiden."

Ach, schön wäre es, wenn das bei ihm zuträfe! Er mag Zitate, Sprüche, Liedtexte, besonders Psalmen. sie heben ihn aus seinem täglichen Kramen, lassen ihn einen Blick von oben auf sein Tun werfen und trösten ihn damit, dass offenbar andere, Zahllose, die diese Zeilen verfassten oder zitierten, in ähnlicher Bedrängnis waren und Halt bei ihnen suchten.

Appetit hat er keinen. Der heiße Tee belebt ihn etwas. Er kann jetzt seine Mappe nehmen, seinen Autoschlüssel, und aus dem Haus gehen. Er lässt Susanne allein im Haus, ohne Abschied, in ihren seltsamen Träumen gefangen, kurz vorm Aufwachen, die sie ihm manchmal erzählt, wenn sie beim Frühstück zusammensitzen: Rätselhafte Aufgaben soll sie lösen, unter Androhung von schrecklichen, unbekannten Strafen, was sie oft in Schweiß ausbrechen lässt, im Schlaf. Er hört ihr zu, wie sie im wachen Zustand versucht, diese unerklärlichen

Traumgebilde zu beschreiben, zu entwirren, was ihn bedrückt, denn er fühlt sich hilflos bei ihrer Suche nach
Worten, Er hört ihr aufmerksam zu, weil er spürt, wie sie
sich während des Redens von diesen Alpträumen befreien kann. Manchmal denkt er, sie hat ihren Alp los,
und was mache ich jetzt damit?

Er wird sich endlich ein neues Auto kaufen müssen.
Jedes Mal denkt er: Hoffentlich springt es heute an; so alt
ist es schon. Er verschiebt gern Entscheidungen in seinem häuslichen Bereich, ja er verdrängt sie aus seinem
Gedächtnis, bis sie ihn manchmal, zum Beispiel jetzt, in
solchen ungeschützten Momenten, eiskalt anfallen. Dann
fühlt er sich überfordert: Was muss er noch alles machen!
Aber wenn er sich die Zeit nimmt, seine anstehenden
Aufgaben einmal im Kopf aufzulisten, stellt er fest, sie
drehen sich hauptsächlich um die Firma; zu Hause gibt
es für ihn wenig zu tun. Susanne nimmt ihm fast alles ab.
Bis auf ein paar Sachen, kann er sich auf seine Arbeit
konzentrieren. Das beruhigt ihn, bringt ihn aber nicht
dazu, zum Beispiel, endlich diesen Autokauf in Angriff
zu nehmen.

Das tiefe, gleichmäßige Brummen des Motors vertreibt seine Sorge. Er kann sich ganz auf seine Arbeit einstellen. Er hat nachgeschaut: Der Termin ist erst um 9.30.
Er ist zu früh unterwegs, aber viel Zeit zu haben, kommt
ihm gerade recht. Er ist heute Herr seiner Zeit, nicht ihr
Knecht.

Die Fahrstrecke kennt er im Schlaf. dreißig Kilometer im Halbschlaf! Er schaut, durch die Frontscheibe, nach oben, und prüft das Wetter. Der Himmel ist sanft und blau, ein dunstiger, verletzlicher Schleier, im Osten ein zartes Gelb über der noch tiefstehenden Sonne. Sie blendet ihn, aber nur auf der linken Seite. Er fährt Richtung Süd. Die Straße ist angefeuchtet vom Tau. Ein warmer Herbsttag scheint es zu werden, einer von denen, die zwischen den Jahreszeiten liegen, still, als würde die Zeit ihren Lauf anhalten, unschlüssig, wohin sie sich wenden sollte. An solchen Tagen könnte ihm leicht etwas zustoßen.

Er fährt gegen den Strom der Pendler, die morgens zur Arbeit in die Stadt kommen. Auf den ersten vier Kilometern hat er neun Ampeln, die heute als „Gründe Welle" für ihn geschaltet sind. Er deutet das als ein gutes Omen. Solche Zahlenspiele mag er. Auf der noch wenig befahrenen Osttangente kommt er rasch zur Autobahn. Er hat viel Zeit! Seltene Momente! Freie Zeit zwischen zwei Terminen, frei von wem oder was und wofür?

Nach ein paar Kilometer durch flaches Ackerland, auf dem noch, in großen Flächen, die Herbstfrucht steht und die Morgensonne lange Schatten wirft, öffnet sich ihm ein Waldstück, das die Autobahn in Dämmerlicht hüllt. Hier biegt er ab und fährt auf den Parkplatz der Raststätte „Kurfürstlicher Wald". Im Rücken der Gebäude steht tat-

sächlich ein Wald; hoch und dunkel verdeckt er die auf-
gehende Sonne, und lässt ihn frösteln, als er aus dem
Auto steigt.

Er geht die Stufen einer Freitreppe zum Lokal hoch,
zum Tresen und bestellt eine große Tasse schwarzen Kaf-
fees; der wird ihm auf die Beine helfen! Mit der Tasse in
der Hand sucht er sich einen Tisch am Fenster. Zwei Tische von ihm entfernt sitzt ein Paar, die einzigen Gäste
mit ihm. Er beobachtet sie aus den Augenwinkeln. Sie
sitzen sich gegenüber. Er sieht sie beide im Profil. Der
Mann könnte, dem Alter nach, der Vater der Frau sein.
Er hält ihre Hand, die vor ihm auf dem Tisch liegt und
schaut ihr ins Gesicht, während sie ihn anlächelt. Versunken in ihrem Zusammensein reden sie nicht. Vor ihnen
stehen verschiedene Sachen, vielleicht ein reichhaltiges
Frühstück. Er beneidet sie, sie haben noch mehr Zeit als
er, und sie sind zusammen. Unbeweglich verharren sie.
Der Waldschatten lässt nur ein müdes Licht durch das
Fenster, an ihrer Seite, dringen. Er sieht sie wie einen
Scherenschnitt, vor der Glasscheibe. Die dunklen Haare
der Frau, an der Stirn anliegend, reichen ihr, in einem
dichten Bausch, bis zum Halswirbel. Ihre Beine, unter
dem Tisch, halten sie eng aneinandergeschmiegt. Die
Hand der Frau, auf dem Tisch, weit zu dem Mann vorge-
streckt, ihm gleichsam überlassen, ist geballt zu einer
kleinen Kugel, über die ihr Gegenüber seine ganze Handfläche gedeckt hält, schützend oder besitzergreifend. Im

Schweigen scheinen sie ihre Gedanken auszutauschen. Im Gegenlicht glitzert eine Träne auf der Wange der Frau und rollt langsam aus ihrem Gesicht. Jetzt erst erkennt er, dass sie weint, unhörbar, unbeweglich, steif im Stuhl aufgerichtet, ihr Lächeln, immer noch, erstarrt. Er wird wohl kaum ihr Vater sein. Sie senden eine innige Verbundenheit aus, die bis zu ihm strahlt.

Ein soviel älterer Liebhaber?

Er hat kein Bedürfnis nach einer jüngeren Frau. Er hat überhaupt kein Bedürfnis nach einer anderen Frau. Er hat noch nicht einmal daran gedacht, noch nie mit solchen Gedanken gespielt, obwohl er die wildesten Verhältnisse seiner Kollegen kennt. Wenn sie ihn besuchen, in seiner Firma, aufgekratzt durch dieses fremdländische Ambiente, eröffnen sie ihm oft ihre intimsten Dinge; sobald sie nach getaner Arbeit zusammensitzen, beim Abendessen und Wein. Nur durch die Beobachtung der Beiden wird er auf diese Gedanken gebracht, und fragt sich, wie es um ihn steht, eher als logische Fortsetzung, denn als eine Wunschidee. Nein, kein Gedanke! Susanne erfüllt ihn ganz.

Der schwarze Kaffee, von dem er sich eine Aufmunterung versprochen hat, ist lau geworden, während seiner Beobachtung, und schmeckt säuerlich. Dieser eine Schluck reicht ihm! Enttäuscht stellt er die Tasse zurück. Wie immer, denkt er, ungenießbar der Kaffee in solchen

Restaurants. Seine Neugierde für das Paar wird ihm bewusst, und beschämt wendet er seinen Blick zum Fenster, an dem er sitzt. Von hier aus überblickt er die Einfahrt zum Rasthaus, einen kleinen Nebenparkplatz, sein Auto und zwei andere Fahrzeuge. Es ist das erste Mal, dass er hier einkehrt. In den vielen Jahren, in denen er vorbeigefahren ist, hat er noch nie angehalten, obwohl er oft mit dem Gedanken spielte, das Auto und alles einfach stehen- und liegenzulassen und durch den Wald zu wandern, stundenlang, um sämtliche Termine und Arbeiten und Papiere und Zahlen und die Gesichter in der Firma zu vergessen und mit ihnen dieses Theaterspiel. Sobald er sich dem Rasthaus näherte, kam diese Versuchung auf und erstickte, allmählich, in einem Für und Wider, mit zunehmender Nähe zur Einfahrt und erstarb, schließlich, bei der Vorbeifahrt, aber doch mit einem kleinen Stich in ihm, ob des Verzichts; ja, es wurde sogar eines seiner Riten: Der plötzliche Wunschgedanke und das Entsagen, rasch oder langanhaltend, wie ein Pegelstand seiner jeweiligen Verfassung.

Früher, in der Firma, hatte er sich ab und zu abgemeldet, hatte alles liegen und stehen gelassen, unter dem Vorwand, er müsse ins Werk – einmal wurde er vom Vorstand mit Lautsprecherdurchsage dort vergeblich gesucht – und war mit seinem Auto aus der Stadt hinaus über die Landstraßen gefahren, ohne Ziel, in dieser Ackerebene, zwischen Stadt und Fluss. Inmitten der Getreide-, Rüben-

und Maisfelder atmete er befreit auf, entronnen diesem staubtrockenen Ambiente von Krämerseelen, die ihre Zahlenblätter, wie eine Bibel, vor sich hertrugen und ihn mit Zahlenkolonnen, Kennzahlen und Quervergleichen quälten, als bestünde der Sinn seiner Arbeit darin, Zahlen zu produzieren. Rechenknechte waren sie in ihren schwarzen Anzügen, Leichenbestatter seiner hochfliegenden Pläne und Ideen, Kostenträger, die eine Kostenstelle innehatten, mit einer Nummer, die ihnen, an Stelle ihres Namens, erteilt wurde. Ihre Daseinsberechtigung wird darin gesehen, einen Betrag zu erarbeiten, der größer ist als die Kosten, die sie verursachen; anderenfalls werden sie wegrationalisiert, entfernt. Sie sind die Statisten in diesem Theaterspiel. Aber Statisten im Theater sind oft verbissener, hingebungsvoller und übersteigerter als ihre Hauptakteure, denn sie warten auf den großen Durchbruch, die Entdeckung ihrer besonderen Begabung. Diese schwarzen Jungs im Haus bedauert er. Ihnen werden Hoffnungen vorgegaukelt auf eine Karriere, die es für sie nicht gibt. Sie kleiden sich konform, sie schminken sich konform, sie reden und bewegen sich konform, nur ihre Augen, mit den dunklen Rändern, passen so wenig zu ihrem stromlinienförmigen Äußeren.

Er weiß Bescheid. Er kann mitfühle., Er hat ebenso angefangen, wie sie, ganz klein, aber er hat doch Karriere gemacht. Er ist ihnen ja ein Beispiel, ein Vorbild für ihre

Träume. Ja, aber er hat sich nicht konformistisch verhalten, wie sie. Er ist aufgefallen, unbeabsichtigt, naiv, durch seine Kleidung, sein Verhalten. Er hatte nicht die geringsten Absichten, hier etwas werden zu wollen. Er wollte nur seine Arbeit gut machen, damit er in Ruhe gelassen werde, damit er frei wäre, sein Leben zu leben. Er hat nur eins, vom Himmel bekommen. Das durfte er nicht zwischen Zahlen ersticken lassen. Da musste er mehr daraus machen. Er hat eine Veranlagung mitbekommen; das ist das Pfund, mit dem er wuchern musste. Es ist sein Hang zur Malerei, seine Hingabe, das sollte er entwickeln. Vielleicht wäre er kein guter Maler geworden, aber sicher ein glücklicher oder erfüllter. Sicher wäre er nicht verhungert, wie ihm sein Vater androhte. Hat er sein Pfund verspiel

Der Wahler, ein Kollege, der, etwa zur gleichen Zeit, mit ihm eingestellt wurde, war ganz wild auf eine Karriere. Alles, was er tat, war auf sein rasches Vorwärtskommen ausgerichtet. Er hatte ihm seinen Plan erzählt, wie er rasch Abteilungsleiter und Hauptabteilungsleiter werden würde. An Einzelheiten dieses Machwerks kann er sich jetzt nicht erinnern. Er weiß, dass er nur Arbeiten machen wollte, mit denen er auffiel und Anerkennung erzielte. Er konnte glänzende Zeugnisse vorweisen. Dagegen war er ein Waisenknabe. Sein Auftreten war gewichtig, jedoch unangebracht für seinen niedrigen Stand, und beeindruckte zunächst jeden, der ihn noch nicht kannte. Sie redeten viel miteinander, vielmehr hing sich Wahler an ihn. Offenbar erwartete er von ihm Bestätigung, Zustimmung oder gar Unterstützung für seine Strategie. Er hatte die üble Angewohnheit, seinen Arm um seine Schultern zu legen, als wären sie enge Freunde, oder - was er auch befürchtet - er würde ihm den Hals zudrücken. Freunde waren sie nicht im Entferntesten. Seine Annäherungen waren ihm unangenehm, so wie die allzu enge Nähe zu allen anderen. Er wollte weder Wahler, noch sonst jemanden zum Freund haben. Persönliche Beziehungen waren ihm ein Alptraum. Da musste er immer an den kleinen Peter denken, wie der fertig gemacht wurde, in schutzlosen Momenten. Selbst wenn ihm einmal die Hand auf die Schulter gelegt wurde, rechnete er damit, dass sie, im nächsten Augenblick, hart zupackte. Außerdem hatte Wahler etwas Öliges, Schlüpfriges, nicht recht Greifbares an sich. Bei ihm spürte man förmlich seinen Ehrgeiz, wie eine schlechte Ausdünstung. Er machte immer viel Wind um seine Arbeiten. Einmal, bei einer langwierigen Buchprüfung, ermittelte er die Differenz von zehn Pfennigen und forderte, als Konsequenz, die Entlassung des Buchhalters, nur, wie er ihm langatmig und vertraulich erklärte, damit er in die Schlagzeilen käme. Glücklicherweise musste er nicht mit ihm zusammenarbeiten. Eines Tages war er verschwunden. Es hieß, er sei entlassen worden; den Grund dafür hatte er nicht in Erfahrung gebracht, aber er konnte sich einiges zusammenreimen.

Anders verhielt es sich bei Karlheinz Eckehardt, ein feiner Kerl, glänzende Herkunft, Spitzenstudium, auch in Amerika gewesen, wie aus dem Modejournal gekleidet und gescheitelt, geschliffene Umgangsformen, Assistent des Vorstands. Sein Auftreten, seine Erscheinung und sein Sprechen so natürlich, selbstverständlich und liebenswürdig! Sein Arbeiten war rein rational geleitet. Er bewunderte seinen scharfen, analytischen Verstand. Intrigen, Emotionen, Egoismen schienen ihm fern zu sein. Sie konnten gut miteinander reden. Er verdankte ihm viele Informationen und Ratschläge. Ab und zu besuchte er ihn im Süden. Dann setzten sie sich, nach getaner Arbeit, oft spät am Abend, in eine Taverne und verkosteten die Rotweine, bis tief in die Nacht, und diskutierten hingebungsvoll Firmenprobleme; Privates war nicht ihr Thema. Da waren sich wohl beide stillschweigend einig; wenig Persönliches wusste er von ihm. Selbst als sie einmal eine Fahrt ins Landesinnere machten, in eine Region großer Weinfelder, Weingüter und Weinverkostungen auf Schritt und Tritt, redeten sie eifrig über ihr Geschäftsleben, auch als sie schon viel Rotwein probiert hatten.

Eckehardt wollte Wein kaufen, ein paar Flaschen. Er war ein Kenner und schlürfte und gurgelte und schmatzte und schnupperte bei jedem neuen Glas. Inmitten weiter Weinlagen sahen sie ein Gut, so knorrig, stark und heiter, wie die Weinreben ringsum selbst, und fuhren vor, durch eine Allee alter Platanen auf einen, mit hellem Kies bedeckten Innenhof. Nach dem scharfen Knirschen der Reifen auf den Steinen, empfing sie eine absolute Stille. Selbst das Öffnen der Autotüren war störend laut. Sie wagten nicht, die Verschläge zuzuknallen und verharrten, auf dem Kies, in einer brütenden Hitze und Stille, die, hin und wieder, vom fernen Sirren einer Zikade unterbrochen wurde. Der Rotwein in ihnen begann zu kochen. Ringsum schien alles in feierlicher Siesta zu ruhen. Eckehardt wurde unruhig und meinte, wegen ein paar Fläschchen, die er vielleicht mitnehmen wollte, sei das hier zu feierlich und pompös und drängte zur Abfahrt. Doch da öffnete sich eines dieser prächtigen Holzportale und ein Mann kam auf sie zu, während er sich ein Hemd überzog und in die Hose stopfte:

„Seien sie willkommen im Weingut Mainhardi. Bitte, treten sie ein."

„Wir wollen nicht stören, nur ein paar Fläschchen, vielleicht.

„Nun, da sie schon mal hier sind, kommen sie bitte herein."

Er führte sie in ein Gemach, einer barocken Sakristei würdig. Nur anstelle von Reliquiaren, sahen sie Flaschen, Gläser und Pokale in den Vitrinen, entlang der Wände. An der Rückwand, wie ein Chorgestühl aus dunklem Holz, waren Sitznischen, auf die er sie einlud, Platz zu nehmen. Wie Mönche saßen sie da, in ihrem Holzgeviert, zu spät, um noch heil davon zu kommen, dachten wahrscheinlich beide.

„Ihr Glück hat sie heute zu uns geführt. Ich bereite eine Weinprobe für den Abend vor und kann ihnen zeigen, was ich vorhabe."

Ohne eine Entgegnung abzuwarten, brachte er ihnen Brot und Käse und Gläser und fuhr auf einem Wagen eine Batterie von Flaschen auf und begann einen Vortrag über Rebsorten, Lagen, Jahrgänge, Restsüße und Öchslegrade, über Winzerarbeit und Schweiß, über die Weinlese, das Keltern, das Reifen in Eichenfässern und füllte dabei unentwegt ihre Gläser mit immer neuen Proben.

Für ihn, der in einer Weinregion aufwuchs, war das eine bekannte Litanei. Anfangs fühlte er sich als Versuchskaninchen des Vortragenden, als wollte der die Wirkung seiner Ausführungen bei ihnen testen. Dieses Gefühl ließ im Laufe der Verkostung nach und machte einem tiefen Wohlbefinden und einer ungewohnten Geborgenheit Platz. Die Worte des Winzers plätscherten an seinen Ohren. Die Abgeschiedenheit dieser Stube ohne Fenster, ja eine gewisse Zeitlosigkeit um ihn, ließen ihn in Träumereien fallen, aus dem ihn ab und zu die Stimme von Eckehardt schreckte, der, zu seiner großen Erleichterung, von jeder Weinsorte ein bis zwei Flaschen bestellte, die er, bei fortschreitender Verkostung, in Kisten umtauschte, bis der Winzer fragte:

„Wenn ich mich recht erinnere, meine lieben Gäste, sind sie nicht mit einem Lieferauto angekommen. Wie wollen sie diese Fracht unterbringen?"
Eckehardt winkte mit großen, ausladenden Gesten ab, die er bei ihm nicht vermutet hätte, wobei er sich weit aus seinem Chorstuhl vorbeugen musste, um die nötige Bewegungsfreiheit zu finden und dabei den Anschein erweckte, er würde im nächsten Augenblick, vornüber, auf den Boden fallen.

„Da machen sie sich keine Sorgen, verehrter Herr Winzer. Das liefern sie uns einfach in die Firma und mein Freund hier, besorgt den Weitertransport zu mir."

Er nannte ihn Freund; das war, in diesem Zusammenhang, wohl eher eine Amtsbezeichnung, für den Winzer bestimmt, aber er hat sie nicht vergessen.
Ihren Rausch schliefen sie, außerhalb der Sichtweite des Guts, im Schatten eines alten Nussbaums aus. Aber selbst da, in ihrem hochgestimmten Zustand, während sie sich im Gras zurecht betteten, scheuten sie sich oder vermieden sie oder hatten einfach kein Bedürfnis, über private Dinge zu reden, um sich, auf diese Weise, näher zu kommen, noch vertrauter zu fühlen oder ihre angenehme Vertrautheit zu festigen - wie üblicherweise angenommen wird - was für ihn immer leicht ins Gegenteil umschlägt: Vertrautheit misstraut er!
Eckehardt vertraute ihm nur an, dass er eines Tages selbst Vorstand werden würde, und er glaubte es ihm aufs Wort.

Aber eines Tages, nicht allzu lang nach diesem Ausflug, war er tot, gestorben auf einem Operationstisch.

Manchmal - auf seinen spontanen Fluchten aus dem Firmengetriebe, weg von seinen Kollegen und dem Druck, der auf ihm lastete, weil alle, immerzu etwas von ihm wollten, wie er glaubte - stellte er das Auto in einem Feldweg ab, stieg aus und atmete tief die Luft ein und aus, die nach feuchtem Lehm und Gras roch. In diesem grünen, wilden Wachsen, ringsum, und diesem weiten Horizont empfand er seine Firmenwelt wie eine Bühne, die von einer Unmenge Kulissen verstellt ist, zwischen denen die Akteure umherirren, ihre Textbücher in den Händen, auf der Suche nach ihrem Auftrittsplatz.

Was treibt sie, kreuz und quer zu laufen, möglichst schnell und möglichst nahe der Bühnenrampe zu kommen? Warum begnügen sie sich nicht mit einem Platz innerhalb des Kulissenverschlags? Warum deklamieren sie ihre Texte, egal ob Drama oder Schmierenkomödie? Warum will jeder besser, schneller sein als der andere? Ist es die Angst, vom anderen eingeholt und überrannt zu werden, die Angst, nicht mehr mitspielen zu dürfen? Diese Ängste nisten überall in den Räumen und Hallen der Firma und sind manchem willkommene Helfer, sie zu scheuchen und das Letzte aus ihnen herauszupressen. Aber mit Ängsten allein lassen sich die Darsteller auf Dauer nicht in Bewegung halten. Ihnen werden allerlei Anreize geboten, um sie voranzutreiben, zum schnelleren

Lauf anzuspornen, den Nebenmann zu überholen oder auf die Seite zu stoßen, mit den Ellbogen und allen Mitteln, die geeignet sind, den anderen klein zu machen und selbst groß zu werden, mehr zu haben und dadurch mehr zu sein, vermeintlich:

Am Anfang deiner Karriere wird dir ein Schreibtisch versprochen, nur für dich allein und dieser, nach und nach - mal sehen - nahe an die Bürotür des Vorgesetzten geschoben oder, noch besser, unmittelbar daneben - als bedürfe es nur eines Schritts, dessen Platz einzunehmen - und später, ein eigenes Zimmer mit einem, zwei oder gar drei Fenstern, je nach Hierarchie, die du erklommen hast, schließlich einen eigenen Parkplatz, mit deiner persönlichen Nummer, als Krönung des Emporsteigens; und weiter die Leiter hoch, vom Gruppenleiter zum Abteilungsleiter, zum Hauptabteilungsleiter, zum Direktor, zum Vorstand! Das ist doch der einzige Beweggrund, oder? Und die vielen Zuckerstückchen, die dir vor die Nase gehalten werden, um zu schnellerem Laufen anzufeuern: Lob, Prämien, leichtere Arbeitsthemen, Mitsprache, Geschäftsreisen ins Ausland und natürlich die Entlohnung, das Geheimnisvollste in diesem Katalog der Begehrlichkeiten.

Welchen Grund zur Überheblichkeit hat er? Ist er nicht einer von ihnen, ein Mitglied des Ensembles, das mitspielt wie es im Textbuch steht? Gut, er hat seinen Auftrittsplatz gefunden; vielmehr wurde er dorthin gestellt, geschoben, gedrängt. Jetzt steht er an der Rampe, im Rampenlicht, im grellen, und hat mehr Text als die anderen, mehr Auftritte, fällt auf, wird beobachtet, hat Handlungsspielraum, zerbricht sich den Kopf, schwitzt im Scheinwerferlicht: Wozu?

Wer oder was hält ihn in Bewegung, treibt ihn an, lässt ihn mitspielen, oft gegen seinen Willen und seine Kräfte? Wie heute! Abgesehen von Einkommen und Entlohnung; abgesehen von Ängsten, die hat er nicht; das hat er bewiesen. Als Klausmann ihm einmal sagte, wenn er das nicht mache, hätte er keine Arbeit mehr für ihn, und er entgegnete, dann müsse er sich halt eine andere Firma suchen, und das hatte er ernst gemeint und der andere glaubte seine Entschlossenheit und gab auf.

Seine nichtmonetären Beweggründe? Heute kann er sich die Frage nicht beantworten. Heute muss er nur funktionieren! Das heißt für ihn: Hellwach sein, einen klaren Verstand zur Verfügung haben, aufmerksam jede Äußerung erfassen und entgegnen, Fragen, Zweifel erkennen noch bevor sie ausgesprochen werden, positive, optimistische Energie ausstrahlen, kurz gesagt, seine Rolle spielen mit ganzem Einsatz. Er kann sie auswendig. Das ist bequem und macht ihn sicher und hüllt ihn schützend in seiner Kostümierung ein. Aber die Frage, die er sich gerade selbst gestellt hat, sollte er irgendwann beantworten. Nur jetzt, vor seinem großen Auftritt, hat er eine Ausrede, ihr zu entkommen.

Ein viertes Auto, dunkelgrün, fährt auf den Parkplatz der Raststätte und hält neben seinem Wagen. Er beobachtet diesen belanglosen Vorgang, mit Aufmerksamkeit, nur, um sich von dem Paar am Nebentisch abzulenken, nicht in Versuchung zu geraten, sie erneut mit seinen Blicken zu verfolgen. Niemand steigt aus dem Auto aus. Wahrscheinlich will sich der Fahrer nur ausruhen. Auf dem Fahrersitz sieht er, undeutlich, eine Person; ansonsten scheint das Fahrzeug leer zu sein. Das hätte er auch machen sollen, sich´s bequem in seinem Auto einzurichten und zu entspannen, anstatt in diesem öden Saal zu sitzen. Das weiträumige, fast leere Lokal, der düstere Platz vor seinem Fenster, die Stille ringsum, die nur von den klappernden Handgriffen der Bedienung unterbrochen wird, und das nahezu unbewegliche Paar in seinem Blickfeld lassen ihn seine Müdigkeit nur stärker empfinden; die Rast und der Kaffee haben ihm nicht die erwartete Erholung gebracht. Er erhebt sich, muss sich auf der Tischplatte abstützen, denn seine Gelenke und Muskeln sind steif geworden, eine Folge mangelnder Durchblutung, wegen des geringen Schlafs, sagt er zu sich. Er wirft noch einen verstohlenen Blick auf die beiden, von denen er sich in Gedanken verabschiedet und im Stillen alles Gute wünscht, weil plötzlich Mitleid in ihm aufkommt, und geht an den leeren Tischen vorbei, vorbei an der Theke, hinter der die Bedienung den Kaffeeautomaten poliert und keine Notiz von ihm nimmt, zu seinem Fahrzeug. Während er den Schlüssel in den Anzugstaschen sucht - entgegen seiner Gewohnheit, denn er steckt ihn immer in die rechte Jackentasche, damit er ihn nie suchen müsste - entschließt er sich, kurz in den Wald zu schauen, der hinter dem Haus beginnt. Er geht an dem dunkelgrünen Auto vorbei, dessen Auffahrt er vom Fenster aus beobachtet hat. Der Fahrer ist ein Mann, der immer noch hinter dem Steuer sitzt, regungslos, wie in tiefen Gedanken versunken. Er wirft einen flüchtigen Blick auf ihn. Nein, er schläft nicht. Er sitzt aufrecht, mit tief heruntergezogenen Mundwinkeln, und scheint die Fenster des Lokals zu beobachten. Er ist jünger als der Mann, oben, im Restaurant. Er könnte zu der Frau passen, vom Alter her und seiner Kleidung nach. Er hat die beiden Autos erkannt, vielleicht, als die seiner Frau und ihres Begleiters, Liebhabers? Er ist unschlüssig; sollte er sie im Restaurant, im Hotel suchen oder auf dem Parkplatz überraschen oder davonfahren? Von hier unten aus kann er sie oben, hinter dem Fenster, nicht sehen. Wahrscheinlich hat er sie verfolgt und jetzt Gewissheit erhalten. Haben beide im Hotel übernachtet? Warum sitzt er jetzt hier? Er wird doch nicht die ganze Nacht gewartet haben? War er gestern schon hier und ist heute Morgen zurückgekommen. Was für eine furchtbare Nacht, zu wissen, seine Frau schläft in diesem Moment mit einem anderen! Wenn ihm das gleichgültig gewesen wäre, stünde er jetzt nicht hier. Er hat gelitten. Er muss jetzt etwas, seinem Zustand entsprechendes, unternehmen. Aber der Mann bleibt im Auto sitzen, wie erstarrt.

Er kann nicht länger in der Nähe des Autos herumstehen und seine Geschichte weiterspinnen ohne aufzufallen. Vielleicht kann er vom Wald aus beobachten, ob der Mann zu einem Entschluss gekommen ist.

Ein hoher Maschendrahtzaun versperrt ihm den Zugang zum Wald. Ungläubig sucht er mit den Augen einen Durchgang und entdeckt einen Zaunbruch: An einem Pfosten ist der Draht aufgerissen und auf die Seite gebogen. Er windet sich hindurch; einladend ist das nicht! Er ist versucht, das ganze sein zu lassen. Doch während er noch überlegt, steht er schon auf einem Trampelpfad, zwischen lichtem Unterholz. Zu beiden Seiten liegen Tempotaschentüchern auf dem Waldboden verstreut. Er muss Acht geben, sie zu umgehen. Nach wenigen Schritten stößt er auf einen breiten Waldweg, der gerate in Richtung der Morgensonne verläuft; den will er noch ein Stück entlanggehen. Er wollte den Mann im Auto beobachten, aber das erscheint ihm jetzt abwegig. Unter seinen Schritten knirscht eine helle Kiesdecke, die offensichtlich vor kurzem aufgeschüttet wurde. Rechts und links stehen hohe, alte Laubbäume, dicht aneinandergedrängt, wie ein Spalier für ihn. Er kann Buchen, Eichen und Erlen bestimmen. Sein Wissen freut ihn. Er fühlt sich der Natur dadurch näher, vertrauter, zugehörig. Er will sich als ein Teil von ihr sehen. Das Sonnenlicht rieselt, wie durch diese Blätterwand gesiebt, bis zu ihm auf den Boden und beginnt, den taufeuchten Weg und die glitzernden Wasserperlen auf den Pflanzen aufzutrocknen.

Fern hörte er das leise Rauschen des Autoverkehrs. Ab und zu singt ein Vogel ein paar Takte. Die Vögel sind stiller geworden zu dieser Jahreszeit. Ihren Auftrag haben sie erfüllt: Sich im Singen zu finden, zu paaren, einen Unterschlupf zu bauen, Junge zu zeugen und großzuziehen. Das hat er alles auch erledigt mit Susanne. Sie haben sich tatsächlich beim Gesang gefunden, zufällig, aber es gibt keine Zufälle, bei solch wichtigen Ereignissen, die sein Leben auf den Kopf gestellt haben. Allerdings hatten sie zuerst ihre Jungen gezeugt und dann erst ein Haus gebaut, viel später, als sie endlich festen Boden unter den Füßen hatten.

Diese Vogelstimmen kann er nicht bestimmen. Er hat ihre Namen vergessen. In seiner Pfadfinderzeit, da hatten sie diese Sachen alle gelernt, was da so im Wald ist und vor sich geht. Im Wald hatten sie oft ihre Zelte aufgebaut, auf kleinen Lichtungen, im Kreis um eine Feuerstelle. Wenn sie Löcher in den Waldboden gruben, mussten sie zuerst die Grasdecke abheben und auf die Seite lagern, um sie bei ihrem Aufbruch wieder über das zugeschüttete Loch zu legen. Eine tiefe Grube hoben sie auch aus, abseits vom Lagerplatz; das wurde ihre Latrine. Quer darüber hing ein Stamm, zu beiden Seiten an Bäumen befestigt. Darauf setzten sie sich. Die Großen saßen bequem, die Beine auf dem Waldboden aufgestützt. Er, einer der Jüngsten, saß immer am Rand, hielt sich am Baum fest, weil seine Beine in der Luft, über der Grube, baumelten. Jedes Mal hatte er Angst, hineinzufallen. Bei ihrer Abreise wurde auch diese Grube zugeschaufelt und mit den Bodennarben abgedeckt. Sie mussten immer darauf achten, den Lagerplatz so zu verlassen, wie sie ihn vorfanden. Die Natur hatte für sie große Bedeutung und ein wertvolles, würdiges Eigenleben, das sie schützen mussten, obwohl sie den Begriff „Umweltschutz" damals noch nicht kannten. Ihn gab es vielleicht noch nicht einmal.

Gedankenversunken setzt er sich auf einen Baumstamm, der am Wegrand lagert: Ein umfangreiches Holzkaliber ohne Rinde, glatt und sauber, wahrscheinlich vergessen beim letzten Schlag, hoch genug, bequem zu sitzen. Was der Kaffee und der Aufenthalt im Lokal nicht bewirkt haben, könnte er jetzt nachholen. Er stützt die Arme auf seine Oberschenkel und beugt sich vor und legt seinen Kopf darauf und schließt, in dieser entspannten Haltung, seine Augen. Tief atmet er die feuchtwürzige Luft ein. Blassfarbige Gedankenbilder schweben an seinen Augen vorbei. Die unruhige Nacht kommt in Erinnerung und entschwindet.

Irgendwann - er hat vergessen, die Zeit zu verfolgen, als hätte er keine Termine - steht er auf. Ist er eingeschlafen?

Fest schreitet er auf dem Schotterweg, fühlt, wie sich seine Beinmuskeln von der Ruhestarre lösen und schwingt, im Takt seiner Schritte, die Schultern hin und her. So seinen Körper spüren und seine Kraft, möchte er den ganzen Tag gehen. Der Weg biegt in einem weiten Bogen nach Links. Er will noch ein paar Schritte machen, bis er die Wegführung überblicken kann. Er sieht, geradewegs geht´s aus dem Wald hinaus. Er sieht den hellen Ausgang in der dunklen Blätterwand, am Ende des Wegs, nicht weit von ihm entfernt; dorthin will er noch.

Dort glaubt er einen Gegenstand zu erkennen, schräg auf dem Waldboden abgestellt, dunkelfarbig, dunkelgrün, kaum vom grünen Waldlicht zu unterscheiden. Zunächst denkt er an eine Sinnestäuschung. Sonnenstrahlen, die durch das Blattwerk glitzern, gaukeln ihm allerlei Gebilde vor. Als er sich nähert, erkennt er ein Auto - ähnlich oder gleich dem, welches er am Rasthaus beobachtete - dessen Türen und Fenster geschlossen sind, doch der Motor läuft: Umweltsau, denkt er und beugt sich zum Fahrerfenster hinunter. Die Scheiben sind grau, an der Innenseite, beschlagen. Schemenhaft erkennt er hinter dem Steuer einen Mann, der offensichtlich schläft, den Kopf, seitlich der Kopfstütze, nach hinten geneigt, sodass sein Adamsapfel emporragt und sein Mund weit geöffnet ist.

Was für eine unbequeme Lage, denkt er und, so kühl ist´s hier nicht, dass die Motorheizung notwendig wäre! Er würde gern den Mann auf diesen Unsinn hinweisen, aber er scheut sich davor, ihn aufzuwecken. Er fühlt sich, wie bei der Beobachtung des Paares in der Raststätte, plötzlich beschämt, als wäre er ertappt worden, und hofft sogar, der Mann würde jetzt nicht aufwachen. Er sollte rasch seines Wegs gehen! Er wendet sich ab. Da sieht er den Schlauch, der, auf der anderen Wagenseite, durch einen Fensterspalt in der Beifahrertür, ins Fahrzeuginnere hängt. Und dann entdeckt er, dass dieser Schlauch am Auspuffrohr befestigt ist. Dann reißt er ihn von dort ab, hastet um das Auto herum, zwängt seinen Arm durch den Fensterspalt. Es gelingt ihm nicht, von Innen die Tür zu entriegeln. Auch die anderen Türen findet er verriegelt. Er sucht einen schweren Gegenstand auf dem Waldboden, irrt hin und her, gerät in dichtes Unterholz, befürchtet, seine Jacke zu zerreißen, findet endlich einen Steinquader und zerschlägt damit das Fensterglas der Beifahrerseite; es fällt in unzähligen Splittern ins Wageninnere, auf den Sitz, auf den Schoß des Mannes, Nun öffnet er alle Türen, stellt den Motor ab und betrachtet den Mann, der unbeweglich, offenbar bewusstlos oder gar leblos, schräg auf seinem Sitz hängt. Sein Gesicht ist eigenartig entstellt, eine Grimasse. Er ist unsicher, ob er das Gesicht gesehen hat, auf dem Parkplatz. Es ist keine Zeit für solche Überlegungen. Er empfindet nichts, handelt mechanisch, nimmt den Kopf, der wie eingeklemmt zwischen den Kopfstützen liegt, und lässt ihn nach vorn, auf die Brust des Mannes fallen. Dann packt er seine Schultern, drückt sie, nach vorn, auf das Lenkrad, greift ihm, von hinten, unter die Achseln und zerrt ihn, der massig und schwer ist, mit großem Kraftaufwand aus dem Auto heraus, zieht ihn, rückwärts trippelnd vom Auto weg und legt ihn auf den Boden des Waldwegs ab; da liegt er vor ihm, grotesk verrenkt, bewusstlos oder tot. Widerwillig öffnet er den Hemdkragen, löst die pinkfarbige Krawatte. So lächerlich! Diese Farbe und der Mann gehören nicht zusammen. Dann tastet er an seinem dicken, schwabbeligen Hals nach der Halsschlagader, fühlt ein schwaches Pochen an seinen Fingerspitzen. Gottseidank! Jetzt überkommen ihn ein heftiger Schrecken, Übelkeit und Panik und er fühlt seinen wilden, harten Herzschlag und beginnt zu frieren und zu zittert, am ganzen Leib. Er setzt sich auf den Boden, ein paar Schritte von diesem menschlichen Kleiderbündel entfernt. Ihm ist so schlecht. Der Wald dreht sich im Kreis um ihn herum, als säße er in einem Karussell, nur umgekehrt.

Was soll er, um Gottes Willen, bloß mit diesem Bewusstlosen am Boden anfangen? Er schaut sich um: Vorm Waldeingang dehnen sich nur Felder aus, bis zum Horizont: Keine Siedlung, kein Haus, nur ein hellblauer, unschuldiger, weiter Himmel und hinter ihm, in seinem Rücken, der verlassene Wald und eine unheimliche Stille. Er kniet sich, widerstrebend, neben den Körper und beobachtet ihn aufmerksam und stellt mit Erleichterung fest, dass sich sein Brustkorb schwach hebt und senkt. Eine künstliche Beatmung bleibt ihm also erspart. Da er nun einmal kniet, sagt er laut, um diese lastende Stille zu verscheuchen und seinen Worten Gewicht zu geben:

„Herr, erbarme dich dieses Unglücklichen: Hilf ihm auf die Beine."

Ein Echo, aus dem Waldinneren, antwortet ihm: „Deine"!

Erleichterung und Stolz über seine Rettungstat schalten schnell in Panik um: Was, wenn er ihm nun hier am Boden wegstirbt? Hätte er ihn im Wagen lassen sollen? Was, wenn er aufwacht, aber einen Gehirnschaden davonträgt? Ist er dann schuldig geworden an ihm? Er wollte sicher nicht von seinem tödlichen Vorhaben abgehalten werden. Er hat gegen dessen Willen gehandelt! „Geschäftsführung ohne Auftrag", fällt ihm plötzlich ein. Trifft das hier zu? Und was, wenn er die Augen aufmacht und ihn anblickt, mit erlöschendem Blick oder scharf, entsetzt, vorwurfsvoll. Seine Augen will er auf keinen Fall sehen müssen. Öffnen die Sterbenden ihre Augen noch einmal bevor sie sterben?

Er muss sofort etwas unternehmen. Den bohrenden Gedanken, sich einfach davonzumachen, als habe er nichts gesehen, verwirft er: Er hat hundert Spuren hinterlassen. Wahrscheinlich wurde er gesehen, wie er in den Wald ging. Außerdem empfindet er, noch während er diese Überlegungen anstellt, zunehmend ein tiefes Mitgefühl für diesen hässlichen, am Boden zerstörten Menschen. Also, zurück zum Rasthaus, denkt er, rennen, Hilfe holen!

Der Innentasche seines Anzugs entnimmt er ein Notizbuch, reißt eine Seite heraus und schreibt:

„Hole Hilfe im Rasthaus".

Den Zettel legt er neben den Kopf des Mannes und beschwert ihn mit einem Stein. Ihm ist, als würde er damit einen Wächter bei dem Unglücklichen zurücklassen. Er ist erleichtert, von ihm wegzukommen und trotzdem zu helfen. Als er das Buch einsteckt, sieht er, dass sein weißes Hemd und seine Jacke lehmbraun verschmutzt sind. Dafür findet er zunächst keine Erklärung. Im Rasthaus werden sie das reinigen können! Er läuft los, im Trab, den Weg zurück. Kaum ist er in letzter Zeit gerannt. Er erinnert sich nicht, wann er zuletzt gerannt ist, so richtig, mit power und klopfendem Herzen und keuchendem Atem. Beflügelt, vom Tatort wegzukommen, den Mann hinter sich zu lassen und die ganze Geschichte anderen zu überlassen, ist er, für sein Gefühl, erstaunlich schnell und leichtfüßig unterwegs. Auf Anhieb findet er den Abzweig zum Trampelpfad, den er langsam gehen muss und hastet dann weiter die Treppe hoch in das Lokal, das er vor langer Zeit verlassen hat, glaubt er. Das Mädchen hinter dem Tresen blickt ihn so merkwürdig an. Was ist mit ihm, fragt er sich. Er bittet sie, schnell, dringend, es ginge um Leben oder Tod, den Geschäftsführer oder Leiter zu holen.

Ein sichtlich aufgeschreckter, junger Mann kommt aus dem Hintergrund des Saals auf ihn zu. Ihm erklärt er, immer noch außer Atem, die Sache. Der Junge lacht:

„Das trifft sich hervorragend. Im Haus sitzt zufällig die Mannschaft einer Notambulanz herum. Die Burschen freuen sich sicher, wenn sie etwas zu tun haben. Ich hole sie sofort. Sie sollten unbedingt mitfahren. Sie kennen den Weg."

Er blickt auf seine Uhr: Es ist erst eine Stunde seit seinem Kaffee vergangen! Genau die Zeit, die er zu früh abgefahren war. Jetzt müsste er losfahren, um rechtzeitig, zu seinem Termin, in die Firma, zu kommen. Aber der Mann hat Recht. Er kann sich jetzt nicht aus dem Staub machen. Egal, ob der Unglückselige gerettet werden wollte oder nicht. Er muss ordentlich zu Ende bringen, was er angefangen hat. Vielleicht war er dazu ausersehen, sozusagen, als ein Werkzeug des Himmels! Er muss hier helfen! Er bittet den Mann um ein Telefon; der führt ihn in ein Büro, eine enge Kammer hinter dem Tresen. Er spricht mit seiner Sekretärin:

„Hallo, Frau Enk, hier Pistorius. Ich habe doch heute um Neunuhrdreißig diese Präsentation beim Vorstand. Ich bin verhindert. Ich bin unterwegs. Hier geht es um Leben oder Tod an der Autobahn. Ich werde gebraucht. Ich muss helfen. Ich erkläre ihnen später alles. Ich komme erst gegen elf Uhr. Ich muss jetzt los."

Er ahnt, was die Frau antworten würde, und legt den Hörer schnell auf. Den Vorstand zu versetzen ist eine Todsünde! Er steigt in das Rettungsfahrzeug, das am Eingang auf ihn wartet. Ihm fällt ein, dass er seine Frau noch immer nicht angerufen hat. Sie könnte um diese Zeit aufwachen und sich über sein Davonschleichen wundern. Das bedrückt ihn. Er will später von der Firma aus mit ihr sprechen oder vom Rasthaus, sobald sie zurück sind. Selten schläft sie, wenn er aufsteht. Sie wacht meistens mit ihm auf. Er beugt sich dann zu ihr, gibt ihr ein Küsschen, auf die Wange, auf die Stirn, auf die Nasenspitze. Sie wechseln ein paar Worte. Ob sie erfasst werden, in ihrem Halbschlaf, ist unklar, aber sie lächelt immer. Dann geht er aus dem Zimmer, gestärkt von diesem Kontakt, von ihrem Dasein, ihrem Blick, ihrem schlaftrunkenen Lächeln. Aber heute kann sie ausschlafen. Sie hat ihren freien Tag. Sie sind in der Nacht lange zusammengesessen und haben in dem warmen, gelben Licht der Tischlampe geredet.

Die Männer, im Rettungswagen, unterhalten sich mit ihm als wäre er einer von ihnen. Er muss ihnen mehrmals den Weg beschreiben und den ganzen Vorfall. Sie fahren über eine Zubringerstraße in Richtung seines Waldstücks und umfahren es auf einem Feldweg. An der Ostseite, dort, wo er, aus dem Wald, über die Felder nach einem Haus Ausschau gehalten hatte, fahren sie am Waldrand entlang, bis er zu ihnen sagt, hier sei die Wegmündung mit dem Auto. Sie biegen vom Weg ab in einer scharfen Rechtskurve, in den Wald hinein, so heftig, dass er ihnen spontan zuruft, sie sollten vorsichtig sein, weil er befürchtet sie konnten auf das abgestellte Fahrzeug auffahren. Aber da ist kein Fahrzeug! Nicht am Waldeingang, oder sonst wo, sehen sie das Auto. Wahrscheinlich hat er sich geirrt und es gibt noch einen Waldeingang, weiter unten. Sie stoßen zurück und holpern auf der zerfurchten Strecke weiter. Der Waldrand endet an einem Maschendrahtzaun. Es gibt keinen anderen Waldweg hier. Sie fahren zurück, biegen wieder in den Wald ein, steigen alle aus und stehen an der Stelle, die er ihnen vorher gezeigt hat, wo das Auto geparkt haben soll. Er erklärt ihnen, was er vorgefunden hat und jede Einzelheit seiner Handgriffe, dabei ist er zunehmend verwundert, wie wenig er erinnert oder überhaupt nicht wahrgenommen hat. Er war so sehr auf sein Tun konzentriert, dass er alles andere, um sich herum, offenbar übersehen hat. Aber sie finden auch keinen einzigen Beweis für seine Schilderung.

Nicht einmal Reifenabdrücke auf dem Waldboden. Er sucht den großen Stein, mit dem er das Autofenster eingeschlagen hatte, vergeblich. Er sucht den Zettel, den er geschrieben und zu dem Mann gelegt hatte, mit einem Stein beschwert. Nichts! Er zeigt ihnen seine beschmutzte Kleidung. Er zeigt ihnen sein Notizbuch, aus dem er den Zettel gerissen hatte. Er redet immer schneller, aufgeregter, undeutlicher. Er hört sich selbst mit wachsender Unruhe zu. Er verspricht sich, verhaspelt sich. Je länger er nach immer neueren Erklärungen sucht, desto skeptischer betrachten sie ihn. Er spürt ihre wachsende Ablehnung, als spräche er zu einer Mauer. Der Fahrer wendet sich wortlos von ihm ab und setzt sich hinter das Steuer; die anderen folgen ihm, zögernd. Er trottet ihnen hinterher. Schließlich fahren sie langsam am Waldrand zurück: Er starrt auf die Blätterwand, in der vagen Hoffnung, es fände sich noch eine Erklärung, aber da ist tatsächlich kein zweiter Eingang zu sehen.

Alle im Auto schweigen beharrlich. Es wäre sinnlos, weiter auf sie einzureden. Er hat schon viel zu viel wirres Zeug gesagt. Wenn er jetzt nachvollzieht, was er geäußert hat, kann er sich selbst kaum glauben. Warum hat er nicht sachlich den Vorgang berichtet und ihnen alles Weitere überlassen? So erweckte er den Eindruck, er wolle sie, mit allen Mitteln, von einer Sache, die ihm selbst immer nebelhafter wurde, überreden, überzeugen. Susanne warf ihm manchmal vor, er wolle alle Leute auf seine Seite ziehen; sie nicht sich selbst sein lassen, sondern ihnen seine Meinung, seine Vorstellungen, seine Verhaltensweise überstülpen wollen. Er sieht das nicht so. Er akzeptiert doch jeden, wie er nun mal ist. Oder? Sie könnte zu dieser Uhrzeit am Bettrand sitzen. Ihr langes Nachthemd liegt an ihrem Körper an. Der glänzende Satin umhüllt ihre Brust und ihre Schenkel. Er weiß nie ob sie an ein Morgengebet denkt, während dieser aufrechten Haltung. Manchmal wirft sie auch nur die Bettdecke auf die Seite und springt aus dem Bett und verschwindet sofort im Bad. Er sagt ihr immer, sie müsse langsamer aufstehen; ihr Kreislauf! Er kann nicht liegenbleiben, wenn ihre Bettseite leer ist. Er wird unruhig, fühlt sich alleingelassen, zurückgelassen, wie krank und folgt ihr nach, in sein eigenes Bad. Er erinnert sich nicht, in den letzten Jahren, nicht einmal an Wochenenden, mit ihr gemeinsam im Bad gewesen zu sein. Das hätte ihr auch nicht gefallen, und er respektiert das. Sie ging auch niemals nackt durch die Wohnung oder in Unterwäsche. Er hat ihr auch noch nie Dessous gekauft.

Er stellt sich gern vor, wie er der Verkäuferin ihre Formen und Maße erläutert. Er bewundert sie, immer noch; auch nach ihrem langen Zusammenleben, wird er nicht müde, sie anzuschauen. Nackt lässt sie sich nicht gern sehen, obwohl sie schlank und groß ist, beinahe so groß wie er, von einer weichen, erdigen Körperfülle, biegsam. Manchmal führt sie ihm schwierige Körperstellungen vor, die sie beim Yoga neu eingeübt hat, und wartet auf seinen Beifall. Er hält inne und wundert sich über diesen Gedankenstrom in seinem Kopf, so unpassend in dieser Situation der Peinlichkeit und Abweisung, als wollte er ablenken, nicht hier sein, all das einfach nicht wahrhaben, dieses Dilemma.

Am Rasthaus lassen sie ihn aussteigen, wortlos, schauen ihn nicht einmal an. Sie öffnen einfach die Schiebetür und warten darauf, mit gesenkten Köpfen, dass er abhaut. Als er, nach ein paar Schritten auf dem Kiesweg, zurückblickt, sieht er den Fahrer im Auto telefonieren. Er geht zu seinem Wagen und fährt los. Nun hat er wieder vergessen zu Hause anzurufen! Er fragt sich ob er ihnen seinen Namen und seine Anschrift hinterlassen hat.

Wie konnte das passieren? Er will Erklärungen suchen, aber er muss sich jetzt auf die Straße konzentrieren. Der Verkehr auf der Autobahn ist dichter geworden, aggressiver, alle drängeln vorwärts, als wären sie auf der Flucht. Und er muss sich auf seinen Auftritt in der Firma einstellen. Alles andere muss er zunächst verdrängen. Aber er sieht den Mann noch immer vor sich auf dem Waldboden liegen. Die massige Gestalt, so hilflos daliegen. Er hätte ihn wenigstens ordentlich ablegen sollen, die Beine gerade ausgerichtet, die Arme auch, nicht so grotesk ver-

renkt. Aber er war erleichtert, ihn aus dem Auto heraus-
gebracht zu haben. Außerdem scheute er sich davor, ihn
mehr zu berühren als erforderlich. Warum, überhaupt lag
der so verquer auf dem Boden? Er hat ihn gezogen, da
müssten die Beine doch gerade ausgerichtet gewesen
sein? Hat er sich gar selbst bewegt, danach am Boden,
ohne sein Wissen? Was hatte er für ein Gesicht? Irgendwie großflächig, grob, mehr erinnert er nicht. Ob er der
Mann vom Rasthausparkplatz war? Er fühlt noch, an seinen Fingern, den dicken, weichen Hals, an dem er den
Herzschlag gesucht hatte. Er hätte seine Hände waschen
sollen. Ob sie nach ihm riechen? War seine Haut feucht,
vom Schweiß, oder belegt von den Autoabgasen? Er
ekelt sich vor seinen Händen. Er möchte anhalten und sie
im Gras und in der Erde abreiben. Da fällt ihm seine verschmutzte Kleidung ein. Dafür findet er auch keine Erklärung. Das soll ihm seine Sekretärin reinigen. Die anderen werden Augen machen, wenn er so durch das Haus
läuft. Kampfspuren! Er sollte die Geschichte anders erzählen. Sie würden ihn sonst genauso anschauen, wie die
Rettungsmannschaft, als sei er nicht richtig im Kopf, un-
zurechnungsfähig. Außerdem, wie könnte er rechtfertigen, den Vorstand versetzt zu haben, wegen der Rettung
eines Selbstmörders, der davongelaufen ist?

Der vor ihm fahrende Lieferwagen bremst. Nur knapp
vermeidet er ein Auffahren. Er muss sich jetzt wirklich
konzentrieren! Er richtet sich in seinem Sitz auf, stellt die

Rückenlehne fast senkrecht. Durch die Firma läuft er auch immer senkrecht. Er hat sich einen eigenen Firmengang zugelegt: Kerzengerade, den Kopf nach oben, weite, feste Schritte. Sein Harnisch und Kettenhemd stärken ihn, geben ihm Selbstbewusstsein und Sicherheit. Ein kalter Schreck durchzuckt ihn: Er hat vergessen, seine Rüstung wieder anzulegen, als er die Wäsche, schweißgebadet wechselte. Ausgerechnet heute, bei seinem wichtigen Auftritt. Er fühlt sich schutzlos, als wäre er nackt. Sie werden ihn zerhauen und zerstechen. Heute ist er dran! Er hätte nicht aufstehen solle; so wie ihm das in der Nacht eingefallen war. Der Bewusstlose ist wahrscheinlich aufgewacht und hat seine Spuren beseitigt und sich davongemacht. Aber warum hat er sämtliche Spuren verwischt? Wie konnte er sogar daran denken, den Stein zu entfernen? Oder hat er ihn selbst, nach seinem Einbruch in das Auto, in das Gebüsch zurückgeschleudert?

Schließlich gelangt er zur Firma, zum Haupteingang in der Mitte dieses langen Gebäudes, dessen Ende im Smoke des dunstigen Herbstvormittags versinkt. Während er auf dem Gästeparkplatz eine Lücke sucht, beobachtet ihn der Pförtner, der vor seiner Loge steht, in strammer, sprungbereiter Haltung, Sein altes Auto passt nicht zu den Edelkarossen, die hier vorgefahren sind. Es gefällt ihm, auf diese Art zu provozieren, seinen Sonderstatus als bunter Hund zu demonstrieren. Er hat einen hohen Posten, fährt aber ein altes Auto! Er braucht kein Statussymbol. Er ist sich selbst Status genug. Als er näherkommt, erkennt ihn der Pförtner:

„Ah, Herr Pistorius, wieder im Lande?"
Der Angesprochene hebt die Hand und grinst. Er kann
sich mit allen verständigen: Vom Pförtner, über die Akkordarbeiter, bis zum Vorstand, weil er den Menschen
sieht, nicht seinen Stand. Standesdünkel ist ihm fremd.
Er muss sich nicht verstellen, sondern hat einfach kein
Gespür dafür. Er ist versucht, seine Arme, mit der Mappe
in der Hand, über der Brust zu kreuzen, um die Flecken
zu verbergen, möchte aber dann doch testen und ein bisschen provozieren, wie sein Gegenüber reagiere und tritt
ihm mit verschmiertem Revier entgegen. Der Mann übersieht seine ramponierte Kleidung oder hat sie längst erkannt und blickt ihn deshalb so starr ins Gesicht. Das hilft
ihm, kurz mit ihm zu plaudern. Er wundert sich oft über
scheinbar einfache Angestellte, was sie so alles im Kopf
haben. Dann geht er zum Treppenaufgang:

„Die ihr hiereintretet, lasset alle Hoffnung fahren!"
Den Aufzug meidet er; Mitfahrer könnten kommen, denen er sich ausgesetzt fühlt, ihren sicherlich abfälligen,
verwunderten Blicken auf seine Kleidung. Fünf Stockwerke muss er stattdessen hochsteigen, in einem kühlen,
sterilen Kunststoffambiente; ein abrupter Kontrast zu seinem Waldabenteuer. Hier befindet er sich in einer aufgeräumten, sauberen, strukturierten, reglementierten Welt

der Zahlen und Fakten und Hierarchien; das fühlt er jedes Mal mit neuer Beklommenheit. Diese Atmosphäre fordert ihn auf, die andere Seite seines Seins zu aktivieren: Den kühlen Rechner, den Faktenmenschen, den Macher bar jeglicher Emotionen, einem ökonomischen Befehl unterworfen, mit seinen begrenzten Mitteln und Fähigkeiten das Äußerste für die Firma zu erreichen suchen oder alles, bis zum Anschlag, zu mobilisieren, um eine vorgegebene Sache durchzuziehen. Tatsächlich aber glaubt er, die unmögliche Pervertierung wird hier im Haus erwartet, nämlich mit geringstmöglichen Mitteln, das Größtmögliche zu erreichen. Aber dieses ökonomische Prinzip dem Vorstand erklären zu wollen, wäre verlorene Mühe.

Im fünften Stock kommt er außer Atem an, obwohl er doch hochgeschlichen ist. Er hat vergessen, dass er heute nicht in Form ist, sondern übermüdet, von der unruhigen Nacht und vom Waldabenteuer obendrein, der Erschöpfung nahe. Er bleibt auf dem letzten Treppenabsatz stehen, solange bis sein Atem, sein Herzschlag sich beruhigt haben. Dann geht er weiter, durch den stillen Flur, auf den dicken Teppichläufern, an den großen Wandbildern vorbei, in das Zimmer seiner Sekretärin:

„Hallo, Frau Enk! Da bin ich. Können Sie mir dabei helfen?"

Er deutet auf seine verschmutzte Kleidung.

„Um Gottes Willen, was haben Sie denn angestellt!"

„Das erzähle ich Ihnen später. Machen Sie bitte schnell. Was ist mit dem Vorstand?"

„Ihr Termin ist auf das Mittagessen im Kasino verlegt worden, um zwölf Uhr. Das war vielleichteine Aufregung, die Sie da verursacht haben. Die Frau Scheller, vom Vorzimmer, sie wissen schon, hat mir gesagt..."

„Frau Enk, bitte!"

Er fasst seine Jacke mit beiden Händen und schüttelt sie.

„Ja, ziehen sie sich schon aus!"

Er steht im Unterhemd vor ihr, während sie die Jacke und das Hemd bearbeitet. Er hofft, die Tür gehe nicht auf und jemand käme herein. Beim Mittagessen soll er dem Vorstand sein kompliziertes Projekt vorstellen und erklären? Das wird was werden! Er erzählt ihr sein Erlebnis in allen Einzelheiten. Er stellt fest, dass er sich freut, ja erleichtert ist, es jemandem mitteilen zu können, der ihm aufmerksam zuhört und ihn offensichtlich ernst nimmt, wobei er sich wieder wundert, wie weniger er wahrgenommen ha und erinnert. Er sprudelt über, dramatisiert die Ereignisse, und zum Schluss hätten sie den Mann reanimiert und abtransportiert, berichtet er.

„Da haben Sie ein Leben gerettet! Das kommt sicher in die Zeitung. Da wird der Vorstand stolz auf Sie sein."

„Nein, nein, das will ich nicht. So ein Selbstmord ist immer etwas sehr Privates."

„Der Herr Pistorius, immer so bescheiden!"
Sie hält ihm seine gereinigten Kleidungsstücke vors Gesicht. Viel sauberer sind sie nicht geworden, denkt er, während er sich anzieht. Was soll's! Da hat er halt ein altes Auto und schmutzige Kleidung! Alle werden ihn ausfragen. Irgendeiner von ihnen wird mit Sicherheit in der Nähe der Raststätte wohnen oder einen Bekannten oder Verwandten dort haben. Und die ganze, tatsächliche Geschichte wird herauskommen. Daran hätte er eher denken müssen. Jetzt kann er nicht mehr zurück, eine andere Version erzählen; Frau Enk wird dafür sorgen, dass sie ihre Runde im Haus macht. Neuigkeiten verbreiten ist für alle Vorzimmerdamen, eigentlich für alle hier, ein dringendes Bedürfnis. Das erhöht die eigene Bedeutung: Man wird zum Insider, nicht nur Kostenträger; man hat den Durchblick; man weiß unter Umständen noch mehr, Betriebsgeheimnisse vielleicht! Das steigert nicht nur die Bedeutung desjenigen, der Neuigkeiten weiß, sondern verleiht auch eine gewisse Unantastbarkeit. „Wissen ist Macht", Wissen, vor allem über ominöse Geschichten! Längst hat er sich eine Mappe zusammengestellt mit Kopien seltsamer, anrüchiger, krummer Geschäftspapiere, die ihm in die Hände kamen, für alle Fälle!

Wahrscheinlich hatte der Konstruktionsleiter, Schaller, auch so etwas in der Hinterhand. Der stand eines Morgens unangemeldet vor seiner Firma und verlangte, kurz angebunden, als verfügte er über einen Durchsuchungsbefehl, die neue Produktionsanlage zu inspizieren, die er selbst gebaut hatte und die seine Leute zur Verzweiflung brachte. Das Mutterhaus suchte dringend einen Sündenbock für die laufenden Ausfälle und Stillstände, die seinen Betriebsablauf immer wieder durcheinanderbrachten und ihn, als zuverlässigen Produzenten, allmählich in Misskredit brachten. Dieser Sündenbock konnte für viele nur der Pistorius sein. Unfähige Leute hätte er eingestellt, schlecht geschult, Schlamperei! Eine so hochwertige, komplizierte Anlage in solche Hände zu geben! Das sollte ihm nun der Konstrukteur nachweisen, in dieser Nacht- und Nebelaktion. Er durfte ihn nicht in die Fertigungshalle begleiten. Mit einem Dolmetscher an der Seite verschwand er für mehrere Stunden. Danach ließ er sich ins Hotel fahren ohne Abschied.

Tage später rief ihn Frau Enk an und erzählte ihm, der Schaller wäre in seiner Firma gewesen, hätte die neue Anlage untersucht und das ganze Umfeld, samt der Leute und Unterlagen, und hätte die Schuld an der Misere der Anlage selbst zugeschrieben und sei über Nacht entlassen worden, vom Vorstand Donners persönlich. Der sei zu ihm am Sonntag in die Wohnung gekommen und Schaller musste unter Bewachung seinen Schreibtisch räumen, an dem er über 30 Jahre gesessen war. Im Haus ginge das Gerücht, der Vorstand hätte geschrien, er habe ihn dorthin geschickt, um die Leute zu beschuldigen, nicht die

Anlage! Zum Erstaunen aller aber, saß Schaller, kurze
Zeit später, wieder an seinem Platz, als wäre nichts ge-
schehen. Die Aktion sollte wahrscheinlich geheim verlaufen, aber alle wussten davon. Der Schaller hatte in seinen 30 Jahren wahrscheinlich eine dicke Mappe solch anrüchiger Papiere zusammengestellt, vermutet er.

„Herr Pistorius! Schlafen sie im Stehen? Sie sollten
sich etwas in den Sessel legen. Sie sind ja ganz blass!"
Folgsam setzt er sich in den schwarzen Ledersessel, der
in der Ecke des Büros, neben einem Glastischchen steht.
Weich und tief sinkt er ein; seine Knie sind fast auf Au-
genhohe vor ihm. Er spürt ein Vibrieren seines Körpers
an den Stellen, die das Leder berühren. Sein Herz scheint
rasend schnell zu schlagen, aber er zählt nur ruhige sech-
zig Pulsschläge an seinem Handgelenk. Eine große, innere Unruhe beherrscht ihn. Er möchte nicht hier sein. Er
möchte nirgends sein. Seine Lider liegen schwer auf den
Augen. Während er sich bemüht, sie aufzureißen, schläft
er ein; wohl nur sehr kurz, denn als er aufwacht, steht
seine Sekretärin immer noch an der gleichen Stelle, neben ihrem Schreibtisch, versunken in einem Aktenordner, aber er hat das Gefühl, sie beobachte ihn aus den Augenwinkeln. Er lacht gezwungen:

„Dieser Sessel ist ein Schlafmittel."

„Sie haben geschnarcht und sind davon aufgewacht."
Ihm fällt keine Antwort ein. Mühsam befreit er sich von
dem weichen Möbel, indem er sich mit beiden Armen

nach oben drückt, aber die Hände selbst versinken in dieser Ledermasse, so dass er nicht hochkommt, sondern in einer Art Brückenstellung über dem Sitz verharrt. Er muss sich mit Schwung auf die Seite drehen und, mit beiden Fäusten auf der Armstütze, in den Stand drücken. Dann steht er aufrecht, ein bisschen benommen. Die Frau hat sich von ihm abgewendet und blickt zum Fenster, wobei ihre Schultern eigenartig zucken. Mit einem Blick auf seine Armbanduhr stellt er fest, er müsste sich jetzt langsam zum Kasino aufmachen. Er überlegt, wann er das letzte Mal gegessen hat. Ihm fällt ein, dass er noch beten wollte und dass er seine Frau noch immer nicht angerufen hat.

„Bitte, Frau Enk rufen sie meine Frau an, sagen sie ihr, dass alles in Ordnung ist und sie sich keine Sorgen machen braucht und ich nur in Eile sei."

Heute hätte sie keine Freude an ihm: Alles an ihm ist erschlafft: Auch sein Mut, sein Daseinsempfinden, wie er meint, alles erschlafft. Ihm fehlt jeglicher Antrieb, selbst seine Position zu verändern, sich in Bewegung zu setzen. Unter großem Kraftaufwand geht er, schleppt er sich, im Selbstmitleid zerfließend, in Richtung des Kasinos. Ist es die Angst, die ihn lähmt, Angst, hier einzubrechen, ohne Harnisch, ohne Energie, den Selbstmörder ständig vor Augen? Wieder überkommt ihn ein Gefühl von Sinnlosigkeit seines Treibens, als spiele er eine Theaterrolle, die ihm nicht liegt und die er vergessen hat. Er steht auf der

Bühne, im Rampenlicht, kostümiert, fremd ist er sich selbst, und hat seinen Text vergessen. Er will diese Rolle nicht! Er wird in diese Klamotten gezwungen, wird herumgeschoben, er solle hier stehen und dort, nicht so krumm, aufrecht! Ihm wird ein Blatt in die Hand gedrückt, er solle das sagen, lauter, deutlicher, aber ohne dieses Schreien, in das er plötzlich ausbricht, getrieben von diesem Weh in der Gegend seiner Lunge, getrieben von der Auflösung seiner selbst, vom Fallen in fremde Hände, die ihn verformen wollen, missbilden. Er muss sofort mit Susanne reden. Sie bringt ihn immer auf den Boden zurück, durch ihr Dasein, ihre selbstverständliche, erdgebundene, in sich ruhende Gegenwart. Sie sagt nichts. Sie erklärt nichts. Sie überredet ihn nicht. Sie ist nur einfach da, an seiner Seite, und strömt diese Unerschütterlichkeit aus, wie eine Pflanze, wie ein Baum:

"Peter, das wird schon."
Das muss er jetzt hören von ihr. Das braucht er. Diese Zauberformel aus ihrem Mund mit den unergründlichen Lippen. Er geht keinen Schritt weiter! Aber ihm wird wohl kein Telefon gebracht werden. Niemand außer ihr erleichtert ihm sein Leben. Alles muss er selbst machen. Gibt es denn nichts mehr anderes für ihn, als Dinge zu tun, die er nicht will, als nur Hauen und Stechen, als kämpfen und sich überwindenmüssen!

„Herr, ich kapituliere. Ich lege mein Caput, mein Haupt, in deine Hände. Ich kann und will nicht mehr. Du

weißt, wie das ist. Du hast selbst gelitten. Sei du mir gnä-
dig und barmherzig!"

Der Weg ist kurz, über die weichen, federnden Teppichläufer. Im Kasino ist niemand. Er kann sich in Ruhe
umsehen und akklimatisieren. Er kennt den Saal von
früheren Geschäftsessen, aber da war immer eine große
Hektik. Im Raum herrscht erwartungsvolle Stille und ein
sanftes Licht, das gefiltert durch die dichten Tüllvor-
hänge, an den drei großen Fenstertüren, eindringt. Davor,
auf der Terrasse, sind die Gartenmöbel schon abgeräumt,
für den Winter. Der lange Tisch in der Mitte ist weiß ein-
gedeckt, für sechs Personen. Also soll er mitessen! Ein
Horror für ihn! Essen und gleichzeitig erklären, sozusagen mit leerem Mund essen. Das hatte er sich anders vorgestellt. Er hat sich auf einen Vortrag mit einem Over-
head-Projektor vorbereitet, stehend vor dem Vorstand, ab
und zu eine Folie auflegend, mit einem Pointer in der
Hand wichtige Zahlen aufzeigend. Die Folien waren
doch der Schwerpunkt seiner Präsentation: Farbige Grafiken mit dicken, weithin sichtbaren Zahlen garniert, ge-
fällige Bildchen, auch für den Laien verständlich, mit
dem Projektor an die Wand geworfen. Dafür hatte er
seine Heimreise verschoben; dafür hatte er seine Mitarbeiter zur Verzweiflung gebracht. Und nun kann er die
Blätter in seiner Mappe lassen und weiß nicht recht, was
er sagen soll. Die Tür geht auf und geschlossen tritt der

Vorstand, als hätte er sich zuvor versammelt, in den Saal, eine Kohorte aufmarschierender Krieger. Er tritt zur Seite, als befürchte er, umgerannt zu werden, verkneift sich eine Verbeugung. Nur Bergler gibt ihm grinsend die Hand. Die anderen suchen eilig einen Platz am Tisch, als hätten sie großen Hunger und wenig Zeit. Bergler zeigt ihm mit einer Geste seinen Stuhl am unteren Tischende, ihm gegenüber, und sagt ohne eine Einführung:

„Bitte Herr Pistorius, beginnen sie."

Er setzt sich. Er hat keine Ahnung, wie weit die anderen über sein Vorhaben unterrichtet sind.

„Ich möchte sie zuerst über mein Aussehen, meine Kleidung um Verständnis bitten."

Er zeigt mit beiden Händen seine bekleckerte Brust.

„Aber ich musste zunächst einen Menschen retten, im Wald, an der Autobahn."

„Haben wir gehört", sagt Bergler, knapp und hart.

„Hätten sie lieber zunächst ihre Firma gerettet", sagt Klausmann.

„Dabei hätten sie doch beteiligt sein müssen, oder", sagt Donners.

„Was heißt hier: Oder? Kennen Sie nicht die Organisationsregelungen, lieber Kollege?", sagt Klausmann, unbeherrscht, wie immer.

„Wollen sie mir jetzt hier etwas anhängen, dass ich meinen Mann zu ihnen da hinuntergeschickt habe, meinen besten Mann, der unabkömmlich ist, um ihnen da unten zu helfen?"

„Sie haben doch nur ihre Scheißanlage gesundbeten und den verehrten Pistorius da in die Pfanne hauen wollen".

„Bitte, meine Herren, zum Thema! Pistorius will uns einen Lösungsvorschlag präsentieren. Lassen wir ihn zu Wort kommen."

„Das ist ein solcher Affront", schreit Donner, „das kann so nicht stehen bleiben!"

Klausmann lehnt sich auf seinem Stuhl zurück, weit seine Beine von sich gestreckt. Dieses Scharmützel hat er für sich entschieden, denkt er wahrscheinlich.

„Bitte, bitte, Herr Pistorius."

Dieser erhebt sich.

„Sie können sitzen bleiben", herrscht ihn Donners an, „wir sehen sie auch so!"

„Die derzeitige Ergebnissituation der Firma, die ich führen darf, ist ihnen bekannt, nehme ich an."

„Wieso", fragt Hiltl,

Pistorius ist irritiert. Er dachte alle kennen seine Misere zum Überdruss. Sie sind doch selbst schuld daran mit ihrem Zögern und Zaudern, mit ihrem Verstecken hinter immer neuen Analysen und Untersuchungen, mit ihrem Abwälzen der Verantwortung und ihrem Taktieren für die eigene Position. Ihm ist es leid, sich in Studien und schönen Grafiken zu verausgaben, um auf Entscheidungen zu warten, die nur mit neuen Forderungen nach noch detaillierteren Ausarbeitungen, beantwortet werden. Und jetzt sitzt dieser Mensch hier und weiß von nichts!

„Liebe Kollegen, ich verweise auf die zahlreichen Vorlagen in den Vorstandsitzungen zu diesem Thema und den Gewinn- und Verlustrechnungen auch dieser Firma, in jedem Quartal", sagt Bergler.

„Das ist es ja", fährt Hiltl hoch, „ich bekomme ja nichts oder wenig oder nur halb. Als Personalchef will man mich wohl dumm halten, könnte man meinen. Erst neulich habe ich zufällig einen Bericht, an den Vorstand, in die Hand bekommen, auf dessen Verteiler ich überhaupt nicht aufgeführt war. Ich glaube, es ging sogar um die Firma von dem Pistorius, was für ein Saustall das wäre. Mit den Leuten dort wird gespielt nach Gutsherrenart."

„Da haben gerade sie Grund, sich aufzuregen", lässt sich Klausmann wieder vernehmen:

„Sie schieben doch die Leute hin und her, wie es ihnen gerade passt, auf dem Schachbrett hin und her! Bauernopfer! Turm schlägt Pferd! Dame … naja!"

"Alle meine Aktionen sind vom Gesamtvorstand abgesegnet, also auch von ihnen, lieber Klausmann."

Das Essen wird aufgefahren und bringt die Tischgesellschaft zum Verstummen. Der Küchenchef liest die Spei-

sekarte vor. Zwei Bedienungen im knappen Livre, Mini-
rock und Minibluse, füllen die Teller. Alle schauen den
Frauen zu, nur Bergler blickt in Richtung der Fenster und
Pistorius weiß nicht, wohin er schauen soll. Die halblee-
ren Schüsseln und Platten werden in der Tischmitte aufgereiht. Dann füllt der Küchenchef die Gläser nach
Wunsch mit Wasser, Bier oder Wein, und stellt die Flaschen auf einen Servierwagen, zur weiteren Verwen-
dung. Pistorius hätte gern Wein getrunken, am liebsten
ein Glas in einem Zug, aber er nimmt Wasser, Bergler
auch, Klausmann trinkt Bier. Donners hat sich lange den
Weißwein erklären lassen: Lage, Jahrgang und Traubens-
orte, als säße er bei einem Galadinner. Nüsslein, der bisher geschwiegen hat, und Hiltl trinken nichts. Bevor sie
mit dem Essen beginnen, hat Klausmann sich eine zweite
Bierflasche öffnen lassen.

„Prost, meine Herren", sagt Bergler und hebt sein Was-
serglas weit von sich weg, über den Tisch. Alle heben
ihre Gläser hoch und schauen sich ins Gesicht, freundlich, auch Pistorius, den aber keiner beachtet.

Dann beugen sie sich über ihre Teller und essen schweigend und schnell. Nur das Klappern ihrer Bestecke ist zu
hören. Auch Pistorius beschäftigt sich mit seinem Essen,
nur der Form halber, denn er mag kein Fleisch und keine
Fleischsoße und kein Speckkraut; nur den Semmelkloß
bearbeitet er.

Mit vollem Mund sagt Klausmann:

„Pistorius, was machen sie für eine Umsatzrendite zuletzt?"

Donners, der vernehmlich seinen Mund leert, ruft dazwischen:

„Sie tun immer so, als hätten sie mit dieser Firma nichts zu schaffen. Sie sind doch letztlich verantwortlich. Da müssen sie doch auf dem Laufenden sein, was der da unten treibt.

„Mein lieber Kollege, sie sind es, der nicht auf dem Laufenden ist. Die Verantwortlichkeit wurde mir genommen."

„Ich habe diese Firma mir unterstellt und will ihnen das hier und heute mitteilen", sagt Bergler, ruhig und leise.

„Das Unternehmen von Herrn Pistorius befindet sich in einem schwierigen Markt und hat Schlagseite bekommen. Wir haben es mit aggressiven Wettbewerbern zu tun, die keine Mittel scheuen, uns aus dem Markt zu drängen. Wir sind ihnen in Qualität unserer Produkte haushoch überlegen. Das wissen und schätzen auch unsere Abnehmer, deshalb haben wir dort unten überhaupt Fuß fassen können. Aber sie wollen uns das nicht mehr honorieren, sondern setzten uns einem brutalen Preisdruck aus. Der Wettbewerb kann noch mithalten, weil er billigere Konstruktionen baut, die angeblich dem Abnehmer genügen, und weil er mit unlauteren Mitteln vorgeht: So hält einer eine eigene Segeljacht, auf der er die Kunden hofiert; ein Großteil der Besatzung sollen Frauen sein. Andere bedienen sich sogenannter Agenturen, über die sie Schmiergelder lancieren sollen. Da wollen wir nicht mitspielen. Das wissen sie alles, meine Herren, aber ich will´s nochmal umreißen, um ihnen die Dringlichkeit vor Augen zu führen. Wir müssen rasch handeln und Herr Pistorius hat uns einen Vorschlag ausgearbeitet, den er jetzt vorstellen will. Lassen wir ihn zu Wort kommen:

„Bitte, Herr Pistorius."
Er erhebt sich sofort, froh seine Essensarbeit aufgeben zu können.

"Bleiben sie ruhig sitzen", sagt Bergler schnell, bevor Donners, der schon den Mund öffnet, etwas sagen kann.

Er überlegt, womit er beginnen soll: Mit Umsatzrendite, Ergebnissituation oder gleich mit seiner Idee? Mit der Tür ins Haus fallen, denn lange sitzen die hier nicht mehr herum, vermutet er. Ihre Teller sind fast geleert.

Hiltl sagt, er müsse jetzt leider gehen. Er habe einen wichtigen Termin in Sachen Kurzarbeit.

„Sie schaffen sich ihre Uninformiertheit selbst, wenn sie immer davonlaufen", sagt Klausmann angriffslustig.

„Liebe Kollegen, auch ich muss sie verlassen." Zum ersten Mal macht Nüsslein, der Finanzchef, den Mund auf, nur zum Sprechen, denn bisher hat er, als wäre er allein hier, sich seinem Essen gewidmet, mit tief über dem Teller gebeugtem Kopf.

„Ich wusste nicht, dass sich das hier so lange hinzieht. Herr Doktor Bergler, sie entschuldigen mich bitte."
Tatsächlich verbeugt er sich und verlässt den Raum. Hiltl erhebt sich schnell und folgt ihm. Klausmann sagt lachend:

„Die Ratten verlassen das sinkende Schiff."

„Entschuldigen sie, Herr Klausmann, so schlecht steht es um uns nun doch nicht".
Pistorius hört sich selbst sprechen.

„Brav, Pistorius, die Hoffnung stirbt zuletzt", sagt Bergler.

„Zu dritt können wir hier wenig ausrichten. Ich schlage vor…. Übrigens, was können wir für sie tun, was brauchen sie vordringlich?"

„Eine außerordentliche Investitionsgenehmigung über Sechsmillionen für dieses Jahr und Zweimillionen fürs nächste."
Donners hustet laut und ausgiebig.

„Ich schlage also vor, sie reichen uns ihren Antrag mit detaillierter Begründung und den üblichen Kriterien ein. Einverstanden?"

Er blickt jeden an. Alle nicken. Die drei geben ihm die Hand. Bergler klopft ihm zusätzlich auf die linke Schulter, schaut aber an ihm vorbei. Alleingelassen steht er im Raum. Die plötzliche Stille ist greifbar. Er will sich eine Flasche Wein nehmen und leeren, aber er nimmt Wasser, füllt sich ein Glas und trinkt es in einem Zug leer. Auf seinem Teller liegt noch das halbe Essen. Er könnte es jetzt hinunterschlingen, aber er hat keinen Appetit. Er muss hier schnell hinaus. Er nimmt seine Tasche mit den wertlosen Folien und verlässt den Raum. Verloren steht er im Flur, auf dem dicken Läufer, und weiß nicht wohin. So eine Pleite, kann er nur immer wieder denken.

Er hatte sich auf eine lange Sitzung, mit anschließenden Einzelgesprächen und einem Abschluss im Büro von Bergler, zur Absegnung seines Vorhabens und als Krönung seines Erfolgs, eingestellt. Danach ein paar Gespräche, und dann wollte er nach Haus zu Susanne und mit ihr feiern. Sie hatte schon vor einigen Tagen einen Tisch in ihrer Lieblingsweinstube reserviert. Er fand das voreilig, aber sie war überzeugt, dass sie einen Feiergrund haben würden. So selten, wie sie zusammen waren oder Zeit hatten, war ihnen jeder kleinste Anlass zum Feiern recht und besonders dieser Anlass seines großen Erfolgs, meinte sie, siegessicher. Sie hatte ihn immer wieder gefragt, welches Kleid sie anziehen sollte; er war schließlich für das scharlachrote Satinkleid, das ihren Körper so umschmeichelt. Sie wollte ihm wohl zeigen, wie wichtig sie seine Aktion nahm. Sie überlegten, ob sie nach dem Essen zum Tanzen gehen sollten, was sie so selten machten, und einigten sich, die Entscheidung spontan ihrer Stimmung zu überlassen. Wie sehr hat er sich darauf gefreut, sie in ihrem weichen Kleid in die Arme zu nehmen und sie im Rhythmus ihrer Lieblingssongs zu bewegen.:

„Put your head an my shoulder",

„I can´t help, falling in love with you", und das nach so vielen Jahren ihres Zusammenseins, immer noch aufregend! Sie könnten durch die halbe Nacht tanzen, wie früher, er hat vieles erreicht und darf sich eine kleine Pause gönnen: Er wird am nächsten Tag später in die Firma gehen: Stolzgeschwellt absolviert er seine Begegnungen, stellte er sich vor. Es wird alles gut!

Natürlich hätte er, der Form halber, einen Investitionsantrag stellen müssen, aber der wäre ja schon längst genehmigt gewesen, nach seiner erfolgreichen Präsentation. Jetzt steht er da mit leeren Händen. Was soll er ihr sagen?

„Es wird schon werden, Susanne, wenn nicht heute, dann Morgen?"

Was soll er seinen Leuten sagen? Die Sache ist zwar geheim, aber die Existenz seiner Mitarbeiter hängt von diesem Projekt ab, das soeben zwischen Semmelklösen und Fleischsoße, in einem Kleinkrieg, untergegangen ist. Ja, er soll offiziell einen Antrag stellen, der wieder einmal auf einem endlosen Verwaltungsweg, zwischen den zahllosen Händen der Kostenrechner, verlorengehen wird oder zerpflückt und zerrupft, zur Unkenntlichkeit abgemagert, mehr tot als lebendig, irgendwann einen ungewissen Ausgang erreichen wird. Das kennt er alles bis zum Erbrechen. Frau Enk kommt den Gang entlanggehastet. Atemlos hechelt sie:

„Da sind sie ja! Wo waren sie denn gesteckt? Sie werden gesucht. Sie sollen ins Büro zu Doktor Bergler. Geht es ihnen gut?"

Freude durchzuckt ihn: Vielleicht klappt´s doch noch! Er dreht sich um und geht davon, ohne seine Sekretärin zu beachten. Wendet sich doch noch alles zum Guten? Die Gangflucht wird immer luxuriöser: Gelbe Wandleuchten auf dunkler Hochglanztäfelung. Selbst die Raumluft scheint staubfrei gefiltert zu sein. Ist es Parfüm, das hier so duftet? Im Vorzimmer steht Frau Scheller, als habe sie schon lang auf ihn gewartet, und schaut mit großen Augen auf seine Hemdbrust.

„Da kommen sie ja! Welche Hemdgröße haben sie?"

„Ich glaube L."

Sie öffnet eine Schranktür und greift nach verschiedenen weißen Hemden, die in Plastikfolie verpackt sind und reicht sie ihm und sagt, er solle sich eines aussuchen und gleich anziehen und dann zum Herrn Doktor gehen. Unsicher blickt er sich im Zimmer um. Sie errät sein Zögern:

„Umkleidekabinen haben wir hier keine. Stellen sie sich nicht so an."

Vor ihr zieht er sich um. Sie schaut ihm hemmungslos zu, meint er. Er denkt, seinen Oberkörper kann er sehen lassen. Er ist gebräunt, hat feste Brustmuskeln und Bizeps, etwas. Aber posieren will er doch nicht vor dieser grauhaarigen, strengen Dame und beeilt sich. Das schmutzige Hemd verstaut er in seine Mappe. Wie soll er das Susanne erklären? Er hat selbst keine Ahnung, wie das zustande kam. Er sollte es wegwerfen. Aber sie würde sich über das neue, aber unbekannte Hemd wundern. Sie kennt seine Kleidung, kauft sie ihm doch alles. Er ist dazu unfähig. Er käme in Erklärungsnot, würde sich verdächtig machen, in ihren Augen. Sie ist so eifersüchtig, obwohl sie nicht den geringsten Grund hat.

„Das Jackett können sie hierlassen. Der Doktor ist nicht so."

Dieser empfängt ihn mit den Worten:

„Jetzt sehen sie wieder ganz frisch aus. Nur ihr Gesicht hätten sie auch wechseln sollen. Das ist noch sehr zerfurcht. Haben sie Sorgen?"

Ohne eine Antwort abzuwarten, spricht er sofort weiter:

„Dümmer hätten sie sich nicht anstellen können. Sie haben ihre Chance und auch meine vermasselt. Sie waren zu servil, zu nachgiebig, zu zurückhaltend, zu unsicher. Sie dürfen diese Leute nicht zu Wort kommen lassen. Sie sind in ihre Falle getappt. Die haben das alles inszeniert, um sie kaltzustellen. Die wollen ihre Firma nicht. Eigeninteressen dominieren. Aber wir brauchen sie da unten, um unsere Stellung auszubauen und zu stärken. Sie hätten rücksichtslos loslegen müssen mit ihrem Anliegen, ohne die Fragerei und Zögerlichkeit, wie sie das gemacht haben. Ich habe sofort bei Eintritt gesagt, sie sollen anfangen. Ihre Kleidung, ihr Aussehen interessiert niemanden. Sie blickten unsicher von einem zum anderen und haben müde gewirkt. Sie haben den Eindruck entstehen lassen, als seien sie selbst nicht überzeugt von ihrem Projekt. Wo waren ihre Ellbogen, ihr gerader Blick, ihre Unbeirrtheit, ihr Optimismus, die ich von ihnen gewohnt bin? Was habe ich mir für Mühe gegeben, die Herren für ihre Sache zusammenzubringen! Keiner will ihnen freiwillig helfen. Alle befürchten, sie würden ihnen mit ihrer Produktion da unten etwas wegnehmen. Die wollen einfach nicht akzeptieren, dass sie auf diesem Schlachtfeld ein wichtiger, vorgelagerter Brückenkopf für uns sind. Wie oft habe ich das erläutert, unsere Strategie. Jetzt stellen sie mal schön ihren Antrag. Diese Prozedur hätten wir uns ersparen können."

Er steht vor diesem Mann, der größer ist als er, braungebrannt, mit einer scharfen Nase und dicken, blonden Haaren und weiß nichts zu sagen.

„Kopf hoch! Ich werde mal schauen, was sich noch machen lässt."

Er dreht sich zu seinem Schreibtisch um; und damit ist er entlassen. Wieder steht er verloren in einem Gang dieses elenden Gebäudes und fühlt sich unfähig, noch einen Schritt vorwärts zu gehen. Da fällt ihm wieder sein halbes Gebet ein und er flüstert:

„Herr, lass das alles nicht wahr sein. Der Herr ist bei mir, ich fürchte mich nicht. Was können mir Menschen antun?

Der Herr ist bei mir, er ist mein Helfer; ich aber schaue auf meine Hasser herab. Besser, sich zu bergen beim Herrn, als auf Menschen zu bauen.

Alle umringen mich, ich wehre sie ab im Namen des Herrn. Sie umschwirren mich wie Bienen, wie ein Strohfeuer verlöschen sie.

Sie stießen mich ab, sie wollten mich stürzen, der Herr aber hat mir geholfen."

Ihn überkommt das Bedürfnis, zum Auto zu gehen und davonzufahren, nach Hause, um Morgen abzufliegen: Er muss ja dringend einen Investitionsantrag stellen! Aber er hat eine volle Agenda zu erledigen, jetzt, nach diesem Desaster, um so wichtiger: Termine, Besuche, Gespräche, sich sehen lassen, gute Stimmung machen für sich und seine Firma. Er sagt „seine" Firma und alle tun so, als wäre sie tatsächlich seine. Sie gehört ihm nicht. Sie gehört doch diesem Haus hier. Sie ist eine Tochterfirma von dieser behäbigen, egoistischen, aufgeblähten Mutter hier. Sie tun so, als wäre das alles sein Privatvergnügen. Sie müssen ihm helfen. Wir sitzen alle in einem Boot! Er ist nur der Chef. Er hat das nicht angestrebt. Sie haben ihn zu diesem Posten gedrängt, zunächst mit Schulterklopfen und guten Wörtern, als würden sie ihm ein Geschenk machen wollen, eine Auszeichnung für ihn. Als er versuchte, die Sache leicht zu nehmen und eine Zusage hinauszögerte, wurden sie massiver. Eines Tages sagte Klausmann knallhart zu ihm:

„Wir brauchen sie da unten, ansonsten haben wir keine Arbeit für sie hier im Haus.

„Dann muss ich mir halt eine andere Arbeit suchen, was mir sehr leidtäte."

Das hatten sie wohl nicht erwartet. Jedenfalls hatte er eine Zeitlang Ruhe. Nein, Ruhe war es nicht, eher ein Waffenstillstand. Jeden Tag war er gefasst, sie würden ihn in irgendein Vorstandsbüro rufen und das Messer auf die Brust setzen. Oft ging er morgens in die Firma, gewärtigt abends nicht mehr dazuzugehören. Tatsächlich ließ ihn Bergler eines Tages holen und sagte ohne Umschweife:

„Pistorius, sie sind der geeignetste Mann. Ich brauche sie da unten. Auch für mich selbst hängt viel davon ab, dass das klappt. Lassen sie uns nicht im Stich."

Da konnte er nichts mehr anders tun, und sie einigten sich, dass er wöchentlich nach Hause fliegen konnte. So geriet er zwangsläufig auf diesen Weg, ohne die Möglichkeit einer Rückkehr, immer tiefer in auswegloses Gelände. Irgendwann war es zu spät, alles liegen und stehen zu lassen und sich vom Acker zu machen.

Es fing alles so harmlos an. Er sollte sich mal die Firma da unten zur Brust nehmen und schauen, was daraus zu machen wäre. Das wurde eine beschwingte, freischaffende Tätigkeit, ohne Zeitdruck, zwischen Büro, Meer und der Leichtigkeit und Wärme südlicher Gefilde. Er kam frisch vom Studium, hatte den Kopf noch voller Lehrsätze und Ideale und fand leicht die Stärken und Schwächen dieses Unternehmens heraus, so war er überzeugt, und stellte daraufhin einen Katalog der Aktivitäten und einen Ergebnisplan für die nächsten fünf Jahre auf. Kein Mensch weiß, was Morgen sein wird, aber für die nächsten Jahre ist das leicht festzulegen; es mussten nur glaubwürdige Prämissen aufgestellte werden. Dank seiner Unerfahrenheit und seiner Begeisterung über diesen Job, sah er eine rosige Zukunft für dieses Unternehmen voraus. Er dachte sich, wenn seine optimistischen Planannahmen nicht eintreten sollten, würden sich genug Gründe finden lassen, die Entwicklung der Wirtschaft oder den Firmenchef, der diese Planung in die Tat umsetzen müsste, verantwortlich zu machen. Er fühlte sich, als käme er von einem ausgiebigen Urlaub zurück, stellte sein Werk dem Vorstand vor, der in helle Begeisterung ausbrach. Der Vorsitzende, damals schon Bergler, erhob sich spontan und klopfte ihm auf die Schulter und sagte:

„Pistorius, sie sind unser Mann. Sie dürfen diese Planung verwirklich."

Wahrscheinlich reagierten sie so begeistert, weil sie erleichtert waren zu hören, dass sie mit dem Kauf dieser neuen Firma keinen Fehlgriff gemacht hatten, aber diese Erkenntnis kam ihm viel später. Manches Mal, in besonders widerwärtigen Stimmungen, kam ihm sogar der Verdacht, er könnte das Opfer einer ausgeklügelten Strategie

des Vorstands gewesen sein, der seine praktische Unerfahrenheit, seine Blauäugigkeit und seinen von Wissen-
schaftstheorien vollgestopften Verstand, gepaart mit einem blinden Tatendrang, dazu missbrauchte, sich nur ein
Alibi für den Aufsichtsrat zu verschaffen. Dieser Verdacht erhärtete sich, sobald er an den Aufenthalt im Süden dachte. Er wurde in der Firma hofiert, bedient und
verwöhnt, als wäre er der große Boss selbst. So unmittelbar nach seinen kargen Studienjahren, in diese Welt des
Geldes, der scheinbar unbegrenzten Möglichkeiten, ja in
Luxus geworfen, musste er Acht geben, dass ihm das
nicht zu Kopf stieg und seinen Blick gänzlich trübte, was
wahrscheinlich die Absicht seiner Gastgeber gewesen
war. Sie luden ihn zu endlos langen Mittagessen, in Luxusrestaurants ein, in die nur Mitglieder oder Vertraute
eintreten durften; zumindest deutete er die Prozeduren
mit den jeweiligen Portiers, an den verschlossenen Ein-
gängen, so.

Sie, das waren der kleine, rundliche, Geschäftsführer,
der, kaum hatten sie Platz genommen, mit dem Kellner,
in schwarzer Livree, eine Diskussion über die Zuberei-
tung ihrer Essensauswahl begann, was meist damit en-
dete, dass er mit dem Mann in der Küche verschwand
und, wie er danach ausführlich erzählte, seine eigene Re-
zeptur einbrachte. Er wurde nicht nach seinem Speise-
wünschen gefragt; er solle ihnen ganz vertrauen, exqui-

site Überraschungen würden ihn erwarten. Außerdem begleitete sie der Finanzchef, ein kantiger, wortkarger Fünfziger, der immer eine andere Begründung vorbrachte, warum er so wenig bestellte, um dann, bei fortschreitendem Tafeln, nachzubestellen und Unmengen zu sich zu nehmen. Meist gesellte sich auch der Verkaufsleiter zu ihnen, wie zufällig, ein junger Mann, der ihn mit einem endlosen Redeschwall in Beschlag nahm. In den Gemächern, die privaten Speisezimmern glichen, mit erlesenem Mobiliar eingerichtet, zwischen dem sich ein Schwarm von Bediensteten bewegte, in der Mehrzahl attraktive Frauen, Mannequins ähnlicher, als Kellnerinnen, verrann seine Zeit mit noch einem Gang und noch einer Kostprobe exotischer Gerichte, die sie ihm aufdrängten, während er zunehmend den Verdacht hatte, sie wollten ihn nur von seiner Arbeit abhalten und verhindern, dass er ihnen zu sehr auf die Finger schaute und womöglich Vorgänge und Schwachstellen aufdeckte, die sie lieber im Verborgenen lassen wollten. Gleichzeitig verdächtigte er sie, mit ihrer Gastlichkeit auch zu beabsichtigten, ihn auf ihre Seite zu ziehen, damit er seine neuen Freunde und ihre Lage nachsichtig beurteilen würde.

Mit Händen und Füßen wehrte er sich, auch die Abende mit ihnen zu verbringen, die, wie er ihren Andeutungen entnahm, regelmäßig in Nachtbars endeten, wo sie offenbar ebenfalls Stammgäste waren. Dagegen konnte er ihre

ständigen Angebote zu Stadtbesichtigungen und Rund-
fahrten ans Meer und in die Berge, zu dieser und jener
Sehenswürdigkeit, nicht gänzlich ablehnen, sodass er
seine kostbare Zeit auch auf diesen Wegen verplempert
sah. Da ihm kein Zeitlimit für die Erledigung seiner Aufgabe gesetzt wurde, hätte er sich nicht so unter Druck
fühlen müssen und sich diesen süßen Verlockungen hin-
geben können, aber er wollte sich und seinen Auftragge-
bern beweisen, dass er hart am Ball bleiben konnte, auch
fern der Heimat. Vielleicht war diese scheinbare Zeitlosigkeit auch Teil
ihrer Strategie, ihn auf die Probe zu stellen.

Nach einigen Wochen konnte er einen Stapel Notizblät-
ter sichten und seine Ordner zuklappen. Entgegen seiner
leichtfertigen Annahme, dass andere schon seine Pläne
verwirklichen würden, sollte er fortan, nach der zweifel-
haften Beförderung durch Bergler, zusehen, wie er mit
diesen hochfliegenden Zukunftsvisionen zurechtkam und
die Suppe, die er für andere eingebrockt hatte, selbst aus-
löffelte. Das wurde für die kommenden Jahre sein Los, in
Freud und in Leid.

Leid wurden ihm die Bittgänge ins Mutterhaus, wenn
er Investitionen regelrecht erflehen und genehmigen lassen musste, wenn er Zuschüsse brauchte, wenn er für alles und nichts Zustimmung suchen musste, wenn er sich

rechtfertigen sollte für Vorwürfe, die sich als unrichtig herausstellten. Es sind viele, die seine Firma nicht wollen und damit ihn, weil sie ihn mit der Firma gleichsetzen und behaupten, ohne ihn gäbe es diese nicht. Sie versuchen, wo es nur geht, seine Pläne und Aktionen zu torpedieren, ihn mit Besuchen zu überraschen, in der Hoffnung, Fehler und Unlauteres zu entdecken und streuen immer wieder persönliche Gerüchte aus, die er mühsam dementieren muss. Es sind Ängste und Neid, die sie ihm zum Gegner machen. Die einen haben Angst, er könnte ihnen mit seiner Produktion das Wasser abgraben und ihre Bedeutung und Einflussnahme schmälern. Die anderen sind neidisch auf seine scheinbar privilegierte Stellung, fern von den Intrigen und Querelen des Mutterhauses, eifersüchtig auf seine Selbstständigkeit und Freiheiten und auf seine Arbeit im vermutlich immer sonnigen, lebenslustigen Süden. Diese Stellung möchten sie gern selbst einnehmen, weshalb sie sich mühen, ihm Unfähigkeit und Fehler nachzuweisen. So muss er einen großen Teil seiner Arbeitszeit damit verbringen, ihre Angriffe frühzeitig zu erkennen und abzuwehren.

Glücklicherweise gibt es Besonnene, die über ihren eigenen Tellerrand hinausschauen, seine strategische Position erkennen, seinen grenzenlosen Einsatz schätzen und seine Fähigkeiten. Bei ihnen findet er Rückhalt und Hilfe. Seine Gegner und Befürworter, gleich einem hin- und herwogenden Kampfgetümmel, gewinnen einmal die

Oberhand und unterliegen das andere Mal, was seine Firma, in diesem Gezerre, zum Opfer macht und nicht recht leben und nicht sterben lässt.

Wie oft hat er die Erinnerungen an seinen entscheidenden Auftritt, mit seinem Planwerk in der Hand, vor dem Vorstand, wachgerufen! Jedes Mal fragte er sich aufs Neue, warum er alles so über sich hat ergehen lassen. Was hätte er anders machen müssen? Schließlich geriet er immer tiefer in Zwänge und Verpflichtungen und entfernte sich immer weiter von seinen Träumen. Aber er konnte damals ja nicht absehen, was ihn erwartete, rechtfertigt er sich selbst.

Er kam vom Studium, in einem Alter, in dem seine Kollegen bereits Karriere gemacht hatten und fest im Sattel saßen. Er, ein Quereinsteiger, musste versuchen, sie schnell einzuholen. Er hatte sich ja eine ganz andere Lebensplanung vorgenommen. Der Susanne zuliebe, genauer, ihrem Zusammensein zuliebe, warf er seine Pläne über den Haufen und machte spät dieses Studium und war dann froh, in diesem angesehenen Großkonzern, eine gute Arbeit zu finden. Weil er die neueste Wissenschaft mitbrachte, wie allgemein angenommen wurde, dementsprechend sein Outfit wählte, das heißt, seine abgetragene Kleidung aus der Studentenzeit ebenfalls mitbrachte und nicht daran dachte, wie seine neuen Kollegen, sich in Anzug und Krawatte zu hüllen, viel er überall auf, wurde

bald bekannt im Haus, belächelt von den einen, ange-
staunt von den anderen, und stieg schnell nach oben, ohne
sich besinnen zu können, auf was er sich da einließ. Mal
ehrlich. diese Version hat er sich für seine Erinnerungen
zurechtgelegt, um mit sich selbst ins Reine zu kommen.
Aber, wenn er sich mühte und ehrlicher zu sich sein
wollte, war er auch den Verlockungen des Geldes und des
Ansehens erlegen und, etwas später, der Verantwortung
für seine Mitarbeiter.

Das war mehr, weit mehr, als er sich vorgenommen
hatte. Er wollte nichts sein und haben und werden, zumindest nicht das, was sein Vater von ihm erwartete, verlangte, forderte, und mit ihm die ganze Gesellschaft um
ihn herum, die offenbar nur im Kopf hatte, etwas zu werden, zu sein und zu haben, zu sein, im Sinne eines wichtigen Amts, eines hohen Postens. Als Globetrotter wollte
er durch die Welt ziehen und schreibend und malend vom
Leben berichten. Das Leben wollte er leben. Dafür
musste er frei sein, wenig Besitz, wenig Verpflichtungen,
wenig Bindungen haben. Ein Studium war da nur hinder-
lich, kontraproduktiv! Mit zwanzig Jahren verließ er das
Elternhaus in Richtung Welt, startete er seine Karriere als
Weltenbummler. Er hatte seine Dinge geordnet, seine
paar Habseligkeiten verkauft, der Finanzierung seiner
Reise wegen, aber auch, um Ballast abzuwerfen. Er hatte

in der Fabrik gearbeitet, am Fließband. Als er ausreichend Geld zusammen hatte und der frühe Herbstanfang sein Fernweh unerträglich machte, ging er davon. Als Tramper stellte er sich an die Straßenränder, die in den Süden führten.

Die schwere Reisetasche, an deren Gewicht er sich zunehmend gewöhnte, geschultert, durchschritt er jeweils die Städte und Ortschaften, wenn er an einem Ende ausgeladen und am anderen Ende einsteigen wollte. Er sollte sich immer sauber und ordentlich aufstellen, wurde ihm von erfahrenen Trampern geraten. Das schien der Grund zu sein, denn wenig Zeit stand er meistens wartend an den Ortsenden; nur einmal, auf dieser elend langen Strecke, in der schattenlosen Sonnenhitze: Selten fuhr ein Auto vorüber, keines hielt bei ihm an, bis auf diesen roten Sportwagen, der erst vorbeisauste, dann schrill bremste und zurückkam, rückwärtsfahrend. Der Fahrer im offenen Wagen, blonde Haarmähne und tiefbraun gebrannt, schaute ihn lang wortlos an und winkt ihn dann auf den Beifahrersitz. Seine Reisetasche stemmte er auf die schmale Rückbank. Wortlos auch startete er mit einem aufdröhnenden Motorengeräusch.

Wie im Film dachte er, wie im Film, immer wieder. Sicher war der Fahrer ein Playboy, wie er sie in Illustrierten und Kinofilmen gesehen hatte, die jetzt als neue Gestalten in den Medien auftauchten. Älter waren sie als er, von anziehendem Aussehen, blendend schön oder großartig

hässlich, jedenfalls reich bis steinreich, drahtig, extrava-
gant, weltmännisch, charmant, Herzensbrecher, aufge-
legt, die bürgerliche Gesellschaft auf den Kopf zu stellen,
immer umgeben von ein oder mehreren Schönheiten und
Stars, mit einer Jacht oder einem Bungalow oder feuda-
lem Landsitz an der Seite. Sie erschienen an den Plätzen
der High Society, in Monaco, Code d´Azur, Miami, Sylt.
Er hatte sie gesehen, in der Tagesschau: Ein quirlender
Strom lachender, küssender, sich umarmender, aufge-
plusterter Menschen fiel ins Bild, in ihrer Mitte der strah-
lende Held. Sie erschienen ihm wie bunte Paradiesvögel
in dieser mausgrauen Spießergesellschaft seiner Zeit:
Verwirklichung der Träume etablierter Bürger und seiner
eigenen.

Allmählich machte sein Fahrer den Mund auf. Soweit
er sein Kauderwelsch verstand, war dieser die Nacht
durchgefahren, am Ende mit Allem, den immer gleichen
Leuten, mit dem immer gleichen Getue und Gerede, hohl
und leer, tödlich gelangweilt, alles sinnlos, möchte
Schluss machen. Aber zunächst wollte er noch einmal an
die Küste, wo er ein Hotel kannte. Ihn könnte er bis dorthin mitnehmen. Nach diesem mühsamen Gestammel, e-
her herausgehustet als gesprochen, verfiel der angeblich
lebensmüde Fahrer wieder in Schweigen; auch als er sich
anstrengte, ihn auf andere Gedanken zu bringen, dem
Fahrer und sich selbst zuliebe, damit er nicht auf den Gedanken käme, sein Vorhaben unterwegs, im Auto mit ihm

zusammen, durchzuführen: So bewunderte er sein tolles Sportfahrzeug, die Landschaft, seine Freiheit ans Meer zu fahren, wann immer er Lust hatte, seine offensichtlich grenzenlosen Möglichkeiten, sein beneidenswertes Aussehen und so weiter. Der Mann brummte nur ab und zu, zustimmend oder ablehnend; das konnte er nicht heraushören.

Wieder sieht er ihn greifbar deutlich, vor sich: Konzentriert blickt dieser auf die Straße. Seine dichten, strähnigen Haare sind eng um die Stirn gewachsen und flattern im Fahrtwind, auffallend sein großes, kantiges Kinn und die Hackennase, die, wie bei Belmondo, der Oberlippe so nahekommt, dass sie etwas aufgeworfen ist. Er sieht nicht schön aus, aber außergewöhnlich großartig. Er strömt eine kühle Abwehr aus, wie er so auf die Strecke starrt: Ein einsamer Mann, nicht aus Selbstliebe, sondern als Schicksal, so glaubte er, ihn durchschaut zu haben und fühlte sich ihm verbunden; seelenverwandt, dachte er. Deshalb hat er ihn so scharf im Gedächtnis behalten, die vielen Jahre. Seinen Namen glaubte er, auf einem Messingschild am Armaturenbrett zu lesen: Morgan Green. So nannte er ihn dann in seinen Erinnerungen. Erst später erfuhr er: Das war der Markenname des Sportwagens. Zu bestimmten Situationen kramt er diese Erlebnisse hervor. Obwohl sie so lange zurückliegen, sind sie ihm farbig und lebendig geblieben, beschäftigen ihn mit den vielen Einzelheiten, die er behalten hat, und er wundert sich, was in der Zwischenzeit aus ihm geworden ist.

Das war also das neue, ganz große Leben, das ihm da so unerwartet begegnet war. Freisein von allen bürgerlichen Zwängen und Anforderungen. Immer tun, was einer selbst für richtig hält. Niemand schreibt dir etwas vor. Du bist vielleicht allein, einsam, arm, aber frei. Wann immer du willst, trinkst du ein Glas, streckst deine Beine von dir, legst dich in die Sonne, schaust dir das schöne Leben an, schaust zu, wie sie sich abmühen etwas zu haben und zu sein, scherst dich nicht darum, etwas im Leben erreichen zu müssen, etwas Wichtiges werden zu müssen. Ihr Sein und Haben lehnst du ab. Je weniger du besitzt, desto freier bist du, die Schönheit des Lebens zu entdecken. Nur ab und zu wirst du arbeiten müssen, des Geldes wegen, aber ohne innere Bindung.

So oder so ähnlich fantasierte er sich damals sein Lebensziel zusammen, während sie im warmen Fahrtwind dem Meer entgegen sausten. Er befürchtete nur, das Hotel dieses Playboys nicht bezahlen zu können. Tatsächlich erschrak er, als sie im Sonnenuntergang auf einem Kiesplatz vorfuhren. Ein luxuriöser Kasten! Er sagte zu seinem Fahrer:

„Das hier schaffe ich nicht. Das übersteigt im Moment meine Möglichkeiten.“

„Es gibt auch Kammern für Bedienstete. Ich kenne den Chef. Ich rede mit ihm."

Er sagte das in einem sehr geringschätzigen Ton. Ihn sah er nicht mehr, nach diesem Gespräch.

Als er am nächsten Morgen seinen Zimmerschlüssel, mit bis zum Hals klopfendem Herzen, an der Rezeption abgab, wurde ihm gesagt, seine Rechnung sei bereits bezahlt.

„Morgan Green! In mir bist du lebendig geblieben. Du hast mitgearbeitet am Fundament meines Lebens."

Das Gespräch, besser, die Standpauke von Bergler noch im Kopf, bewegt er sich lustlos, Schritt für Schritt vorwärts in diesem Gang der Vorstandsetage, fühlt den weichen, federnden Läufer unter seinen Tritten, der eher zum tänzeln einladen will, als zum zielstrebigen Vorwärtsschreiten, geht an holzvertäfelten Wänden entlang, rotbraun glänzende Politur, die das warme, gelbe Licht goldfarbener Wandleuchten spiegelt, schaut die Gemälde an den Wänden an, die ihre heiteren Farben in den Gang ausstrahlen: Eine Strandpromenade im Sonnenlicht, sonntägliche Spaziergänger; das Meer verliert sich blau im Himmel; ein Hafenbecken mit Segelbooten, die im glitzernden Wasser dümpeln; Badende im Sand, von Kopf bis Fuß bekleidet. Die lächelnde See lockt und die Schöne im Vordergrund, die unter ihrem Sonnenschirm sich entfaltet, wie die Wölkchen am Himmel hinter ihr;

zwei Frauen im rosaroten Ruderboot, das lang und breit im dunkelgrünen Wasser liegt und ein mächtiges Ruder ausstreckt und kaum von den zarten, weißverhüllten Wesen bewegt werden könnte; vielleicht haben sie sich nur einen Platz gesucht, zum ungestörten Plaudern. Mit jedem dieser Gemälde, in das er sich verschaut, entfernt er sich aus seinem Hiersein und sieht sich am Strand, nahe seiner Firmenwohnung, stehen und aufs Meer blicken. Viel heller Sand liegt vor ihm, der sich weit und sanft zum Meer neigt, sodass die Wellen, weit draußen, sich auftürmen und lang ausrollen können, hintereinander. Lang kann er so stehen und sich verlieren im Aufschäumen der Gischt und ihrem Zerzischeln vor seinen Füßen, im Farbenspiel des Wassers: Tiefblau bis Schwarz am Horizont, Dunkelgrün bis Türkis in der Mitte und Ockergelb und Hellbraun in Strandnähe, wobei sich die Farben mischen, im ständigen Wechsel, je nach Stand der Sonne und Wolken und des Winds. Im Rhythmus der Brandung, ihrem dröhnenden Aufbrausen und schaumigen Verklingen, immer wieder aufs Neue, vergisst er seinen Gedankenstrom im Kopf und fühlt, nur noch da zu sein, ein Teil dieser Elemente, die nicht nur ihre Farben, auch ihre Energie zu ihm ausstrahlen. Diese ungeheure Gewalt der Wassermassen, die so sanft im Schaum verebbt! Hier ist er dem Schöpfer dieses Naturschauspiels besonders nahe: Diese Schönheit und gewaltige Kraft, gebändigt in eine Gesetzmäßigkeit, die sich errechnen lässt. Das gefällt ihm: Berechnen der Naturvorgänge, genau so wie der Aktionen von Wirtschaftsmenschen, emotionslos und gefühlsfrei. Barfuß steht er im Wasser der auslaufenden Wellen, das schnell klar wird, sobald sich der aufgewühlte Sand absetzt und Schwärme winziger junger Fische sichtbar macht, die im zurückflutenden Niedrigwasser aufgeregt darauf achten, nicht an Land gespült zu werden. Aber zu weit dürfen sie sich ins tiefere Wasser nicht wagen, weil diese Frischgeschlüpften seinem Druck nicht standhalten könnten. In dieser Jahreszeit, des frühen Herbsts, reinigt sich das Meer und schwemmt Unmengen von leeren Schalen der Miesmuscheln, Pfahlmuscheln und Austern auf den Strand und dazwischen Plastikmüll und Algen in schwarzen Büscheln.

Der Meeressaum schwingt sich in einem sanften Bogen mehrere Kilometer von einem Kap zum anderen. Wann immer er Zeit findet, auch morgens und abends, bei Wind und jedem Wetter, wandert er barfuß im Wassersaum die Strecke hin und her und besänftigt unterwegs seine Sorgen und seine Sehnsucht nach Susanne. Wenn er zum Wochenende nicht zu ihr fliegen kann, weil er Freitagabend nicht wegkommt oder Samstag oder Montagfrüh Termine hat, geht er in seine Kammer, die er als Atelier eingerichtet hat, und malt das Meer, den Strand und den Himmel. Nicht so, wie sie sind, sondern wie er sie empfunden hat: Diese Weite, Grenzenlosigkeit, Naturgewalt, Einsamkeit, Innerlichkeit. Schönheit bei verschiedenen

Wetterlagen, nach dem Sturm, im Gewitter, reiner, tief-
blauer Himmel mit hellgelbem Horizont. Er arbeitet auf
großer Leinwand mit Ölfarben, die er oft auf dem
Malgrund erst mischt, in den feinen Nuancen, die er auf
seinen Wanderungen beobachtet hat. Wenn am Ende seiner Arbeit, bei der er sich und die Zeit vergisst, das Ergebnis seiner Idee nahekommt oder gar übertrifft, durchströmt ihn eine tiefe Zufriedenheit, ein Gefühl des
Glücks, die Glückseligkeit des Seins.

In den Gängen der unteren Etagen, zu denen er jetzt
hinabsteigt, hängen auch Bilder, großformatige Vergrö-
ßerungen, in stechender Schärfe, farbig und schwarz-
weiß, von den Produkten, die sie herstellen. Diese über-
dimensionierten Abbildungen wirken, an den weißen
Wänden, bedrohlich. Auch Explosionszeichnungen ihres
Innenlebens hängen überall: Lehrtafeln für Auszubil-
dende, dazwischen Fotos langbeiniger Frauen in Hot-
pants, die an Luxusauto lehnen und verführerisch lächeln. Auch an diesen Bildern geht er vorbei, versucht
aber, sie zu übersehen. Es wäre sinnvoller, diese Fotos in
die Vorstandsetage zu hängen und die idyllische Welt,
von dort oben, hierher zu bringen, denkt er. Oder wird
befürchtet, die einfachen Angestellten hier, könnten, wie
er, ins Träumen verfallen und von ihrer Arbeit abgehalten
werden?

Bergler hat Recht; er muss sein Gesicht glattstellen, offen, freundlich und entschlossen formen, seinen Blick hart machen, seinen Kopf hochhalten und seine Beine zu festen Tritten zwingen.

Den Leiter der Konstruktion, der ihn so schmählich, nach seiner überfallartigen Inspektion verlassen hat, trifft er in seinem Büro an. Er steht inmitten von Papierrollen, Papierstapeln, Aktenordnern, den ersten Bildschirmen und Kabelsträngen, unter einer grellen Neonbeleuchtung, wie in einem Altpapierlager. Er wirkt auf ihn, als habe er vergessen, was er hier wollte. Was steht er in so einem heillosen Durcheinander, als wäre er gerade erst eingezogen? Er ist doch ein großer Mann, nur ein Schritt unter dem Vorstand, der zwischen Mahagoni und Plüsch residiert, in gefilterter Raumluft und Stille? Hier sirren Bohrmaschinen und schnarren Fräsen im Nachbarraum, sodass er sich laut bemerkbar machen muss.

„Herr Schaller, ich danke ihnen sehr für ihre Hilfe und Aufrichtigkeit."

„Hören sie sofort auf! Ich will davon nichts mehr hören. Ich will dieses Thema restlos vergessen."

„Aber uns wollen sie hoffentlich nicht vergessen. Sie haben in ihrem Besuchsbericht verschiedene Maßnahmen genannt, die sie, zur Verbesserung der Anlage, durchführen wollen".

„Es gibt keinen Bericht. Der wurde eingezogen, vom Vorstand höchstpersönlich."

„Ja, aber wir…"

„Machen sie sich keine Sorgen, Pistorius. Ich helfe ihnen, wie versprochen. Das braucht aber niemand zu wissen. Die können mich mal… Schließlich ist es mein Kind, das da noch etwas gefüttert werden muss."

Bei diesen Worten verzeiht er sein mageres Gesicht zu finsterer Entschlossenheit, als müsste er zu einem fürchterlichen Schlag ausholen, auf wen oder was auch immer. Er gehört zweifellos zu den Ingenieuren, für die es eine Ehrensache ist, ihre Aufgaben über jedes persönliche Wollen und Fühlen zu stellen, was er so sehr schätzt und selbst anstrebt, nüchtern, sachlich, kalt.

"Warum haben wir ihr Kind nicht hier ausreichend gefüttert, bevor es in den Süden geschickt wurde?

„Es wurde hier doch getestet und als einwandfrei entlassen? Angeblich! Aber ich habe von Leuten erfahren, die dabei waren, dass es nicht so war. Ich habe daraufhin weitere Testläufe beantragt, aber man hat mir gesagt, ihre Leute würden jederzeit sofort zu mir kommen, falls Probleme auftreten würden, was aber nicht zu erwarten wäre. Vor Ort ließe sich das alles besser beheben. Und jetzt muss ich um jeden Monteur von ihnen bitteln und betteln und hundertmal begründen und muss mich gegen Vorwürfe wehren, wir seien selbst schuld?"

„Wer hat das gesagt? Davon weiß ich nichts.

„Die Leute vom Donners haben die Nullserie gefahren und als einwandfrei protokolliert. Donners hat mir gegenüber abgelehnt, weitere Testläufe zu fahren, weil alles in Ordnung sei. Er hat es offensichtlich von Anfang an darauf angelegt, dass wir mit dieser hochentwickelten Anlage auf den Bauch fallen."

„Pistorius, das bringt uns jetzt nicht weiter. Ich habe mich überzeugt, sie da unten sind fähig, die Anlage zu führen und wir geben ihr noch den letzten Schliff, wie gesagt."

„Wir müssen doch noch da unten einen guten Rotwein zusammen trinken; das haben wir das letzte Mal versäumt."

Schaller lacht und sein verkniffenes Gesicht glättet sich, etwas.

Sie besprechen zusammen, wer, was, wann tun muss, und Pistorius geht, von einer Sorge erleichtert, zu seinem nächsten Termin, überzeugt, der Schaller wird Wort halten und sich durchsetzen. Es ist ein gutes Gefühl, einen Mann zu haben, frei von Tricksereien, auf den er sich verlassen kann; es gibt so wenige.

Weil er noch Zeit hat, schaut er ins Büro des Leiters der Betriebswirtschaft. Den will er auf seinen Investitionsantrag vorbereiten, den er, nach seinem Debakel beim Mittagessen, nun hier einreichen muss. Die Vorzimmerdame stellt sich ihm in den Weg. Sie ist klein und grau und versucht, mit hohen Stöckelschuhen und einer Unmenge von bunten Accessoires zu vermeiden, dass sie übersehen wird. In dieser Männerwelt hat sie sicherlich einen schweren Stand. Sie stellt sich ihm in den Weg mit ausgebreiteten Armen, als möchte sie ihn umarmen oder den Zugang verwehren. Sie kennen sich. Er bewundert lauthals ihren Seidenschal, der so apart mit ihrem Teint harmonieren würde. Sie lässt ihn eintreten, ohne Anmeldung.

Der Mann sitzt an einem ausladenden Schreibtisch und starrt auf den Bildschirm oder schläft. Seine Brillengläser reflektieren das Leuchten des Schirms, sodass er seine Augen nicht erkennen kann.

„Herr Heimlein, sehen sie mir den Überfall nach. Ich bin nur heute im Haus und möchte sie gern begrüßen."

„Der Herr Pistorius! Wieder mal im Lande?" Er wirkt aufgeschreckt aus tiefen Gedanken oder doch aus dem Schlaf?

„Ich habe soeben dem Vorstand unser Projekt einer außerordentlichen Investition vorgestellt und große Zustimmung, geradezu euphorische Begeisterung, erzielt. Es wird die endgültige Sanierung unserer Firma werden. Aus meiner Präsentation heraus erstelle ich jetzt einen Antrag für sie, damit sie uns mit ihrer Erfahrung und ihrem Sachverstand beistehen, wozu ich sie sehr bitten möchte. Die Zeit drängt, wir müssen rasch handeln, sonst schwimmen uns die Felle davon. Auch der Vorstand hat mich zu einer zügigen Umsetzung aufgefordert."

„Sie wissen vielleicht, wir haben diese Sachen inzwischen normiert. Wir haben Formblätter entwickelt, die sie nur ausfüllen müssten und mit entsprechenden Berechnungen ergänzen sollten. Das geht ganz fix! Sie wissen: Kapitalwert, Investrückfluß, cashflow über die Planjahre, Gewinn- und Verlustrechnung vor und nach ihrer Maßnahme, Risikobewertung bei worstcase und bestcase, und so weiter, und so weite; das kennen sie ja alles." Jeder dieser Begriffe, die so genüsslich aus dem Mund des Mannes kommen, treffen Pistorius wie einen Schlag. Die Rechenknechte hier werden sich darauf stürzen und schließlich wird es nur noch darum gehen, ob der Kapitalwert oder welcher Wert auch immer, so oder anders berechnet werden müsste oder ob seine Planannahmen realistisch sind oder nicht oder... oder... Und es wird vollkommen in Vergessenheit geraten, worum es wirklich geht, nicht um ein Rechenwerk, sondern, dass sie Neues schaffen müssen und wollen, um aus ihrer Misere herauszukommen, um endlich neue Horizonte zu erreichen, die er so klar vor sich sieht. Aber die Angst, verantwortlich gemacht zu werden, für eine unsichere Zukunft Entscheidungen getroffen zu haben, die sich als falsch herausstellen könnten, lässt diese Mutlosen immer kompliziertere Rechenmethoden entwickeln, hinter deren Zahlen sie sich, bei Kritik und Angriffen, verschanzen könnten. Das alles hoffte er, mit seiner Präsentation zu umgehen, denn bei einem Ja des Vorstands, würde keiner mehr ein Haar in der Suppe suchen wollen.

Er fühlt sich, obwohl er ahnte, was ihn hier erwartete, niedergeschlagen, als er durch das Großraumbüro der Betriebswirtschaftler geht - Schreibtisch an Schreibtisch, über lange Reihen, überladen mit Ordnern, Bergen von Computerausdrucken, vorbei an den tief über ihren Tisch gebeugten, weiß behemdeten Kostenrechnern - und in einen neuen Gang dieses endlosen Gebäudes gelangt.

Er stellt sich an eines der Fenster und blickt hinaus, um zu versuchen, sein zerrissenes Gesicht wieder in Form zu bringen. Der Himmel ist wolkenlos, ein dunstiges Blau. Er sieht auf die Dächer der Fabrikhallen und die Werkstraßen hinunter. Auf ihnen bewegen sich Fahrzeuge und Menschen, in alle Richtungen, scheinbar ziellos hin und her. Er steht hoch über diesem Getriebe. Das Verwaltungsgebäude nimmt mehr Volumen ein als alle Produktionsstätten zusammen, denkt er. Es wird mehr verwaltet als produziert. Man verwaltet die Verwaltung. Es wird mehr Papier verarbeitet, als Werkstücke hergestellt werden, denkt er verbittert. Es gibt hier Mitarbeiter, weiß er, die kennen die Produkte nur beim Namen, aber nicht, wie sie aussehen. Sie sind den ganzen Tag nur mit Begriffen beschäftigt. Sie reden sich die Köpfe heiß über Herstellungskosten und haben noch nie gesehen, was mit ihnen hergestellt wird. Sie sind mit dem Schieben von Wolken beschäftigt, während unten, auf dem Boden, die

Hölle los ist. Sie haben sich ihre eigene Welt geschaffen und beschäftigen sich gegenseitig mit Zahlen und Namen. Sie haben ihm nichts getan, noch nicht. Aber er beschimpft sie vorsorglich, in Gedanken. Er erwartet ihre Angriffe.

Er wickelt seine blütenweißen Hemdsärmel hoch, lockert die Krawatte und öffnet den Hemdkragen. Das gibt ihm ein zupackendes Aussehen, kämpferisch, tatkräftig, denkt er. Er kennt den Betrieb von ganz unten, am Boden. Er kennt die Produktionseinrichtungen. Er kennt die Produkte bis in ihre Innereien hinein. Er kennt das Zahlenwerk, das sie generieren, die Aktenordner und die Papierberge der schier endlosen Ausdrucke. Er kennt sich aus, weil er für alles und alle zuständig ist. Das redet er sich ein, immer und immer wieder, und das lässt ihn fester auftreten.

So geht er in das Büro des Leiters der Finanzbuchhaltung, durch das Vorzimmer, dessen Tür offensteht und in dem niemand zu sehen ist. Eine sterile Ruhe empfängt ihn. Hier erstarren selbst die Zahlen, denkt er. Im hinteren Türrahmen sieht er den Finanzmann, der, im schwarzen Anzug, tief über seinem Schreibtisch gebeugt sitzt, den Kopf beinahe auf der Tischplatte. Pistorius vermutet, er schläft. Dann erkennt er, dass dieser aus der untersten Schublade eine Flasche hervorholt, sich aufrichtet und sie auf den Tisch stellen will. Da sieht er Pistorius vor sich stehen und nimmt sie sofort wieder nach unten, wobei

Pistorius glauben könnte, er mache eine Verbeugung vor ihm.

„Wieso stehen sie einfach so hier? Wo ist denn die Frau Staldinger?"

„Ihr Vorzimmer ist unbesetzt, Herr Bonlein. Ich überfalle Sie. Ich bin nur kurz im Haus und wollte Sie gerne begrüßen. Außerdem möchte ich Ihnen unsere neueste Ergebnisrechnung persönlich geben und ein paar, vielleicht für sie nützliche, Kommentare abgeben."

Der Mann wirkt verunsichert und starrt ihn mit zusammengepressten Lippen an.

„Das ist nicht der richtige Weg. Die Instanzen müssen schon eingehalten werden. Das schauen sich erst meine Leute an, fertigen einen Bericht, und dann erhalte ich die Unterlagen. Was soll ich Ihnen jetzt dazu sagen?"

„Nichts, Herr Bonlein, nichts. Ich wollte Ihnen nur die Sache etwas erleichtern und eventuell beschleunigen. Wir stehen sehr unter Zeitdruck, bekanntlich. Der Vorstand hat mich beauftragt, rasch zu handeln."

„So, der Vorstand! Wofür der Vorstand nicht alles herhalten muss!"

Er hätte ihm gern geantwortet:

Saufen sie nur ruhig ihren Wein im Dienst, dann werden sie schon sehen, wofür der Vorstand alles herhält.

Aber er sagt zu ihm:

„Gut, dann gehe ich ihren Instanzenweg; wenn es sein muss bis zum Sankt Nimmerleinstag. Für Verzögerungen sind wir dann nicht mehr zuständig", dreht sich um und geht zur Tür.

„Jetzt seien sie doch nicht so! Geben sie schon her! Ich werde das bevorzugt behandeln lassen." Geht doch, denkt Pistorius und steht angewidert auf dem Gang. Was muss man hier gegen Animositäten, Befindlichkeiten und Egoismen kämpfen. Diese Leute bringen von Zuhause ihre Häuslichkeit, ihre Verhausschweinung mit, richten sich hier gemütlich ein, schaffen sich einen Schutzwall aus Gleichgesinnten, befreunden sich mit aller Welt, weil sie nicht allein sein können, bringen ihre eigenen Wünsche und Ziele mit, die sie über ihre Arbeit stellen, und wenn sie dann noch Zeit finden, arbeiten sie etwas, mit möglichst geringem Aufwand, aber viel Lärm. Das alles hat hier nichts verloren! Das muss zuhause gelassen werden. So wie er das macht. Hier ist er ein anderer Mensch, oder besser gesagt, die andere Seite seiner selbst, die sich an Berechnungen des Ungewissen, frühzeitiges Erkennen von Widrigkeiten, Analysen der Zustände und ihrer Verbesserung erfreut. Seine Empfindungen, die manchmal so überwältigend sind, seine Sehnsüchte sind hier fehl am Platz, in dieser Welt, in der jede menschliche Handlung in Zahlen, Kosten oder Erlösen umgemünzt wird. Hier will er nur funktionieren: Ein rational gesteuertes, wirtschaftlich handelndes Wesen sein.

Ein Schrei aus dem Zimmer, das er soeben verlassen hat, schreckt ihn auf:

„Sie werden gesucht. Sie möchten zum Vorstand, Herrn Donners, kommen."

Wie gut, dass er seiner Sekretärin eine Liste aller Besuchstermine gegeben hat, so ist er jederzeit erreichbar, bei seinem Gang durch dieses Labyrinth. Auf, zu seinem Lieblingsfeind, denkt er. Eine tiefe Abneigung empfindet er gegen diesen Mann. Ist es seine aufgeblasene, parfümierte Gestalt, mit seiner femininen, schwarzweißen Löwenmähne und seinem wankelmütigen, undurchschaubaren Verhalten, teils empfindlich, wie eine Mimose, teils herrisch und unbeherrscht, was ihm so gegen den Strich geht? Oder ist es dessen versteckte Gegnerschaft, die ihn stört? Anstatt zu sagen, was er haben will, nämlich seine Anlage, seine Firma, seine Kunden, taktiert er gegen ihn persönlich, versucht ihn fertigzumachen, ihn bloßzustellen, ihn Fehler anzuhängen, mit diesen, seinen schnoddrigen, wegwerfenden Gesten und diesem salbungsvollen Gerede. Aber hat er nicht gerade daran gedacht, dass er hier ein rational gesteuertes, wirtschaftlich handelndes Wesen sein will? Da sind seine Animositäten fehl am Platz. Und, ist er nicht auch aufgefordert, denen Gutes zu, die ihn hassen und seine Feinde zu lieben? Wie, um Himmels Willen, soll er Donners lieben?

Auf dem Weg zu dessen Büro fällt ihm die Geschichte mit dem korrekten Herrn Bonlein ein. Sie wird im ganzen Haus, natürlich streng vertraulich, erzählt:

Ein Besucher kam und fand, wie soeben bei ihm, das Vorzimmer leer. Er geht weiter zur Bürotür, die er verschlossen findet. Er setzt sich und wartet. Da hört er, hinter der verschlossenen Tür, einen durchdringenden, offenbar weiblichen, Schrei und Poltergeräusche. Er stürzt zur Tür, die immer noch zugesperrt ist, legt sein Ohr an das Türblatt: Stille, doch dann noch einmal dieser spitze Schrei, etwas später, ein langanhaltendes Stöhnen. Er erstarrt, gerät dann in Panik und tritt mit den Schuhen gegen die Tür, die sofort aufspringt.

Da sieht er auf dem Boden eine Frau liegen, auf dem Rücken, die Beine weit gespreizt und nackt bis zu den Hüften. Daneben entdeckt er einen Mann in schwarzer Jacke, aber ohne Hosen, nahe der Frau, auf der Seite liegend. Fluchtartig verlässt er die Räume.

Die Einzelheiten der Geschichte wurden bekannt, weil die beste Freundin der Frau sie, unter dem Schwur der Geheimhaltung, weitererzählt hat. Demnach wollte der Mann in die auf der Schreibtischplatte liegende Frau eindringen. Jedoch seine Beine waren zu kurz, sodass sein steifes Glied unter die Tischplatte stieß. Er packte die Liegende an den Hüften und zog sie zu sich herunter, aber so heftig, dass sie vom Tisch rutschte, aufschrie und auf dem Boden aufschlug und nochmals aufschrie. Der Mann stürzte sich auf sie, die ihn, nichtsdestotrotz, empfing.

Die Frau, seine Sekretärin, wurde danach nie mehr gesehen. Der Mann aber fand bei vielen Zuhörern Anerkennung und genießt bis heute den Ruf eines Don Juan.

Donners empfängt ihn in seinem saalartigen Büro mit unerwarteter Herzlichkeit; trotzdem hat Pistorius das Gefühl, er werde ihm gleich ein Messer in den Leib rammen. Dieser Vorstand hat ihm den Schaller auf den Hals gehetzt, um die Schuld für die klapprige Anlage ihm zu zuschieben.

„Mein lieber Herr Pistorius, das ist aber schön, dass ich sie nochmals sehe. Ich weiß doch, ihre Zeit ist bemessen. Ich habe lange über sie nachgedacht und will sie aus ihrer Misere befreien und ihnen ein Angebot machen: Wir nehmen ihre Anlage zurück und geben ihnen dafür unsere ausgereifte P2-Anlage, die bei uns seit langem hervorragend läuft. Was sagen sie dazu? Überlegen sie nicht lange. Das ist eine einmalige Chance für sie. Abbau, Aufbau, Transport, alles auf unsere Kosten. Bis dann alles bei ihnen einwandfrei laufen wird, übernehmen wir die Belieferung ihrer Kunden von hier aus; da wird es keine Lücke geben.

Er redet und redet, in seiner tönenden, salbungsvollen Art, und steigert sich in einen Begeisterungstaumel über die Vorzüge seiner Anlage und die Generosität seines Angebots. Pistorius trifft es hart. Wie soll er aus diesem Redeschwall heil herauskommen? Er kennt natürlich auch diese Anlage. Sie ist noch elender beisammen als

seine eigene. Der Werksmeister hat ihm Schauerge-
schichten über deren Ausfälle erzählt. Weiß das der Vorstand nicht oder will er ihn für dumm verkaufen? Für
Donners wäre das ein eleganter Schachzug: Er bekäme
eine hochmoderne, fast vollautomatische Anlage. Von
vielen wird Pistorius darum beneidet und sie wird ihm
missgönnt. Dafür erhielte er diese Schrottstraße, die außerdem von einer Menge Arbeiter bedient werden muss.
Zusätzlich bekäme Donners Zugriff zu seinen Kunden,
sobald er diese Aushilfslieferungen machen würde; damit
hätte er seinen Fuß in der Türe zu seinem Markt und
könnte eigene Wege gehen, an seiner Firma vorbei. Das
wäre fatal! Nähme er dieses Angebot jedoch nicht an,
hätte Donners allen Grund, ihn fallen zu lassen. Glücklicherweise weiß dieser Mann nicht, dass ihm Schaller
heimlich unter die Arme greifen will.

„Ich danke ihnen, dass sie uns so großzügig helfen wollen. Ich bin gleich im Werk und werde mir alles anschauen und ihnen Bescheid geben."

Er ist heilfroh, endlich diesem wortreichen Versuch einer Erpressung entfliehen zu können.

Im Werk geht er direkt zur Anlage, die so hochgelobte,
und verkneift sich seinen üblichen Rundgang durch seine
Lieblingswelt. Die mächtige Maschinerie, grün, gelb,
schwarz, steht still, inmitten einer Welt aus Lärm und Bewegung. Bei ihr sieht er Techniker, offensichtlich einer
Fremdfirma, die aufgebracht miteinander gestikulieren,

ihre geöffneten Werkzeugtaschen bei Fuß. Er sucht den Werkmeister, den er in seinem Glaskastenbüro findet. Er sitzt am Schreibtisch, starrt aber, versunken, als säße er schon Stunden in dieser Haltung, durch das Glas zur Anlage.

„Hallo Meister Kemper, wieder Sorgen mit ihrem Prachtstück?"

„Ach, Herr Pistorius, immer die gleiche Leier! Ab und zu blockiert die ganze Straße und keiner weiß, warum."

„Sie haben doch sicher eine Ausfallliste?"

„Wir haben sogar zwei, eine für die oberste Heeresleitung und eine für uns."

„Wie das?"

„Die da oben wollen nur die großen Ausfälle wissen. Sie möchten sich nicht das Leben schwermachen. Die kleinen, unzähligen Störungen, sind für uns. Als wäre das nur unsere Sache."

„Könnten sie mir eine Kopie von beiden geben?"
Er berichtet von dem Angebot des Vorstands. Der Werkmeister, offensichtlich von dieser Offenheit und diesem Vertrauen gerührt, poltert los:

„Um Gottes Willen, lassen sie die Finger davon! Sie werden ihres Lebens nicht mehr froh!"
Noch an der Seite von Kemper, gestärkt durch dessen Kumpanei, die Listen in der Hand, ruft er Donners an, den er nach langem Verbinden hört, mit seiner salbungsvollen Stimme, als würde er auf einer Bühne sich selbst

ankündigen. Schonungslos erzählt er ihm von den Ausfällen seiner so gepriesenen Anlage und den zwei Listen. Der Donners schreit:

„Das ist eine infame Intrige! Sie sind nicht vom Fach! Sie haben keine Ahnung! Ich werde sofort eine Sitzung einberufen, zu der sie kommen. Ich werde ihnen, im Beisein meiner Leute, ihre Behauptungen widerlegen."

Er berichtet Kemper, was er gehört hat, versichert ihm Vertraulichkeit und verlässt dessen Betriebsbüro. Die Anlage ruht. Die Atmosphäre ringsum ist gespenstisch. Während die Werkshalle dröhnt und summt und scheppert, ist diese Sektion stumm und gelähmt, tot. Gewaltsam verdrängt er das Bild des Mannes auf dem Waldboden, das plötzlich vor seinen inneren Augen erscheint, diese grotesk verrenkten Beine und Arme. Warum nur hat er ihn nicht gerate ausgerichtet! Er nimmt aus einer Box, die an der stillen Anlage lehnt, ein Teil, das schwer, messingglänzend in seiner Hand liegt, und betrachtet die scharf geschliffenen Kanten, die polierte Oberfläche, nur um das Bild des Selbstmörders aus seinen Augen zu verscheuchen.

Dann nimmt er sich Zeit, die Halle zu durchstreifen. Hier steht er auf dem Boden, auf dem Fundament der Firma. Hier fühlt er sich zu Hause, zwischen diesen Montagestraßen, ihrem Sirren und Stöhnen, dem rhythmischen Drehen, Heben und Senken der im Scheinwerferlicht aufblitzenden Roboterarme und dort, wo die Maschinenarme versagen, sind Menschenarme, mit ihrer wundervollen Gestik tätig: Akkordarbeiter, die sich im Takt der Maschinen bewegen und selbst Teil des Hebens und Senkens der Werkzeuge werden, des Greifens und Transportierens der Werkstücke, im Klang einer Eisenmusik und im Geruch nach Ölen und Fetten. In dieser Welt ist kein Platz für Empfindungen.

Manche Arbeiter kennt er und hebt die Hand, im Vorbeigehen. Das hilft ihm, nicht als Zeitkontrolleur verdächtigt zu werden, denn sonst könnte er keinen normalen Arbeitsablauf verfolgen. Der Arbeiter, der sich an der Maschine beobachtet fühlt, hat plötzlich mit großen Schwierigkeiten zu kämpfen: Die Arbeitsbühne klemmt, das Werkstück passt nicht in die Führung oder fällt zu Boden. Der Erfindungsreichtum der Leute ist unerschöpflich, wenn es darum geht, eine Zeitkontrolle zu verhindern. Er wundert sich oft, welche Männer er hier antrifft: Die einen sind viel gereist und erzählen ihm von Orten in der halben Welt: andere reden voller Stolz von ihren Engagements in Vereinen und Gruppen. Er hat für solche Dinge keine Zeit. Er hat nur seine Arbeit: Lebt er, um zu arbeiten?

Hier schlägt das Herz der Firma. Die Missachteten, die Geringgeschätzten, die Schlechtentlohnten halten es am Leben!

Er hat keine Lust, wieder zurück zu den Papiertigern zu gehen und ihre Egos zu streicheln. Aber es geht nicht um ihn. Es geht um seine Firma und seine dreihundert Leute und sein Werk von Jahren, sein Lebenswerk. Nein! Das ist ihm zu pathetisch, und einige Jahr will er noch vor sich haben, für andere Werke. Ja, er fühlt sich wohl bei seinen Mitarbeitern, inmitten seiner Hallen und Gebäude, die er in langen Jahren und mühevollen Genehmigungsverfahren errichtet hat. Er wird anerkannt und ist beliebt, denkt er, wie damals bei den Pfadfindern, als Sippenführer. Ja, er hat seine damalige Planung umgesetzt, immer nahe am Abgrund, aber er hat es geschafft!

Den Geruch der Produktionshalle in der Kleidung, steht er im Büro des Verkaufsleiters, zuständig für seine Produktereihe und seine Region.

„Ja, der Herr Pistorius, wieder mal im Lande?"

„Ich begrüße Sie, Herr Walke. Wie könnte ich, ohne sie gesehen zu haben, abreisen?"

Er berichtet über seine Erfolge bei der Gewinnung neuer Kunden und sieht, wie erwartet, die zunehmende Verärgerung seines Gegenübers, der nichts lieber wollte, als zu ihm zu reisen, um selbst neue Kunden an Land zu ziehen. Aber der würde den ganzen, riesengroßen Verwaltungsapparat im Gepäck mitbringen, die langen Gänge, Instanzen und Aktenordner, und wäre gehemmt von Verordnungen, Vorschriften, Zuständigkeiten, in der begrenzten Zeit eines Besuchs, böse auf den Bauch gefallen. So bleibt Walke nichts anderes übrig, als ihn zu kritisieren, wegen mangelnder Bereitschaft zur Kooperation, seiner Überschreitung und Missachtung der Richtlinien des Hauses. Laut sagt Pistorius nicht: „Du Arschloch", aber er lässt ihn stehen und geht. Ein Feind mehr, denkt er. Der ruft ihm nach, er solle einen Moment warten. Er wolle ihm seinen neuen Regionalleiter vorstellen. Widerwillig geht Pistorius zurück. Ein junger Mann, im dunklen Anzug und rosa Krawatte, steht neben Walke im Raum, der ihm umständlich einen Vorschlag unterbreitet, diesen Jungen zu ihm in die Firma zu schicken, damit er sich vor Ort ein Bild machen könne. Das fehlte noch, denkt Pistorius, einen Aufpasser will er ihm in den Weg stellen, der dann seinen Chef rufen kann, sobald ein Abschluss zur Unterschrift reif ist. Seine Meriten will er einstreichen.

„Eine hervorragende Idee, aber jetzt sind wir mit der Umstrukturierung der Firma beschäftigt, voll ausgelastet, eine Vorstandssache, eiligst, zu einem späteren Zeitpunkt, gern."

Schnell verlässt er die beiden. Er fühlt ihr Pfeile in seinem Rücken, während er den langen Gang, an den Fenstern auf der einen Seite und den geschlossenen Bürotüren auf der anderen Seite, hinunter geht.

Warum hat er Susanne nicht aufgeweckt und ihr gesagt, sie möge ihn heute besonders liebhaben, von fern; einfach nur so! Sie ist immer schnell wach und ganz da, mit ihren großen, braunen Augen, wenn auch die schweren Augenlider ihr einen so verträumt abwesenden Blick geben. Er hat manches Mal das Gefühl, er könne nicht arbeiten, ohne ihr nahe zu sein oder er arbeite nur für sie.

Es waren auch ihre Augen, ihr Blick, der ihn zuerst getroffen und bis heute nicht mehr losgelassen hat. War sein Lebensweg nur durch eine Kette von Zufällen bestimmt oder hatte der Himmel seine Hand im Spiel? Ihr Kennenlernen ist ihm ein Paradebeispiel für die Vorsehung. Er erinnert sich: Er fährt im Auto nach Hause, im Feierabendverkehr durch die Stadt, am Ende seiner Tour. Er ist müde. Wieder war es ein langer Tag auf der Straße, bei Regen und Graupelschauer. An der Kreuzung zum Hallenbad schaltet die Ampel unvermittelt auf Rot. Beinahe hätte er den Fußgänger angefahren, der über den Zebrastreifen hastete. Es war sein Freund, Karl, der sich mit der Hand auf der Kühlerhaube abstützt:

„Mensch, Peter, fast hättest du mich erwischt! Komm mit, ich gehe zum Faschingsball der CVJM, du weißt, das Beste, der Saison. Eintrittskarten gibt´s keine mehr. Aber ich kenne den Türsteher. Er lässt uns bestimmt hinein."

Er war nicht in Stimmung für einen Ball. Er müsste erst nachhause, duschen, umziehen. Das erschien ihm zu mühsam und unvorbereitet. Die Ampel schaltete auf Grün. Die Autos hinter ihm hupten. Er fuhr los und rief ihm zu, er werde wahrscheinlich nicht kommen. Aber er überwand seine Unlust und kam, später, in seiner abgetragenen Werktagkleidung. Der Türsteher wusste Bescheid und ließ ihn eintreten. Seinen Freund hatte er schnell an der Theke entdeckt. Tänzer waren sie beide nicht. Den obligaten Tanzkurs, in ihrer gemeinsamen Schulzeit, hatten sie als bürgerliche Weihe abgelehnt. So hingen sie am Tresen, ihr Bierglas in der Hand, und hörten auf die Musik. Dann schauten sie der tanzenden Menge zu und gaben sich den Anschein größter Langweile, lässig an die Barriere zur Tanzfläche gelehnt: Eine wogende Menge maskierter Tänzer, umschlungen im altmodischen Foxtrott und außer Rand und Band, in grotesken Zuckungen von Armen und Beinen, beim neuen „Rock an Roll", eingeleitet mit einem vielstimmigen Aufschrei der Masse, sobald die Band mit diesen harten, stampfenden, synkopischen Rhythmen einsetzte. Der Saal war vollgestopft mit Luftschlangen, Luftballons und Girlanden, überfüllt mit bunten Menschen auf der Tanzfläche und an den Tischen, ringsherum. Es war heiß. Tabakschwaden hingen über ihren Köpfen. Die Musikband heizte den Gemütern ein mit Elvis, Bill Haley, Paul Anka, Dean Martin, Little Richard und allen Tageshits, in immer dichterer Folge, bis schrilles Geschrei ausbrach, die Leute an den Tischen alles liegen und stehen ließen, die Tänzer ratlos ihre Bewegungen abbrachen und wie alle anderen, zum Ausgang rannten, an den Türen sich stauten und durchschlugen, sich im Foyer um ihre Mäntel rissen. Der Grund für diese Panik war ihnen, zu diesem Zeitpunkt, nicht bekannt. Inmitten dieser kopflosen Menschenmenge traf ihn ein Blick aus großen, dunklen Augen, tief, hilflos, flehend. Er schlug sich zu diesem Blick durch, zerrte das Mädchen, dem dieser Blick gehörte, heraus aus dem Leibknäuel, bis auf die Straße, und war berührt von ihren Augen mit den schweren Lidern, mit den dichten Augenbrauen knapp darüber, die über der Nasenwurzel fast zusammenstießen. Er ging noch einmal zurück und erkämpfte ihren Mantel, in dem Gezerre an der Garderobe, und fühlte sich als Retter. Mehr brachte er nicht zustande. Er stand vor ihr, auf dem Platz, vorm Ausgang, aus dem die Maskierten hasteten, in der Winternacht, und wusste nicht weiter. Sie sah ihn an, dankte und wendete sich zum Weggehen. Nicht nur ihre Augen, auch ihr Gesicht mit den weichen Rundungen und den ausgeprägten Wangenknochen, hatten ihn sprachlos gemacht. Sein Freund stieß ihn in die Seite:

„Du musst sie heimbegleiten, zu dieser Uhrzeit!" Sie erschien ihm zu fein, zu vornehm, zu unnahbar, als dass er eine solche, wie ihm schien, grobe Annäherung gewagt hätte. Der Freund bedrängte ihn und er fragte sie und durfte sie nachhause begleiten, lange durch die Nacht und im ersten Schneefall dieses Jahres. Sie lachten über ihre schwarzen Fußspuren, die ihnen hinterherliefen, einträchtig nebeneinander, in der noch dünnen Schneedecke

Ganz in seinen Erinnerungen gefangen, geht er durch den Gang, der sich nach links ins Gebäudeinnere verliert. In der Biegung ist eine Sitzgruppe aufgebaut, aus schwarzen Ledersitzen mit Yuccapalmen und Glastischchen. Er setzt sich. Sein nächster Besuchstermin? Er hat ihn nicht im Kopf und keine Lust, seinen Zeitplan in der Mappe zu suchen. Er hat keine Lust mehr, nur zu funktionieren. Wieder überkommt ihn dieses Gefühl von Sinnlosigkeit und Hilflosigkeit, die seine Muskeln erlahmen und ihn in ein dumpfes Sinnieren fallen lässt.

Krampfhaft sucht er einen Gedanken, außerhalb dieser Arbeitswelt, an dem er sich festhalten könnte: Zufall! Das Zusammentreffen mit Susanne war kein Zufall. Zu seltsam waren die Ereignisse, die sie aufeinandertreffen ließen. Nicht nur sie beide, auch Karl war entscheidend beteiligt. Hätte er Sekunden früher oder später die Straße überquert, würde er ihn nicht getroffen haben und wäre nicht beim Tanz gewesen. Ähnliches gilt für ihn und Susanne und ließe sich ihren Tag zurückverfolgen und nicht nur den einen Tag, den vorhergehenden, die Woche und ihre ganze Zeit. Ihr Leben wäre eine chaotische Aufeinanderfolge von Ereignissen. Das zu glauben widerstrebt ihn. Ja, es widerspricht seinen Erfahrungen, die er auf seinem Lebensweg gemacht hat. Er glaubte, nur von einer Stimmung in die andere zu taumeln, von einem Zufall in den anderen. Aber ein Personalchef sagte einmal zu ihm, er habe selten einen Lebenslauf in Händen gehabt, der so zielstrebig und geplant sei, wie seiner. Wahrscheinlich sind wir mit unserem Leben in eine höhere Ordnung gebettet. Bei ihrem Zusammentreffen hatte vielleicht der Himmel seine Hand im Spiel? Ein schöner Gedanke: Karl, Susanne und er geführt, zu einem gemeinsamen Ort. Wir werden gelebt, denkt er.

Auf ihrem langen Heimweg, quer durch die Stadt, um Mitternacht, im leichten, stillen Schneefall, küssten sie sich, zum ersten Mal, sanft und scheu.

Für den nachfolgenden Sonntag hatte er sie ins Kino eingeladen. Sie ließ ihn im Ungewissen, ob sie zu ihrer ersten Verabredung kommen würde. Lange vor Beginn der Vorstellung stand er im Foyer und wartete auf sie. Die Zuschauer, um ihn herum, verschwanden mehr und mehr im Filmsaal. Schließlich stand er allein in der Halle. Er blieb und wartete in zunehmender Enttäuschung und wollte nicht wahrhaben, was geschah. Er horte dem dumpfen Schall der Filmmusik und den Stimmen aus dem Kinosaal zu. unschlüssig, ob er bleiben oder gehen sollte; bis sie atemlos vor ihm stand: Ihr Bus!

Danach waren sie zusammen, wann immer seine Arbeit und ihr Studium sie freigaben. Seine grauen, leeren Tage wurden farbig und ausgefüllt durch sie. Federleicht konnte er mit ihr reden, sein ganzes, junges Leben erzählen, freimütig. Und sie sprudelte über von Erlebnissen aus ihrer heiteren Kindheit auf dem Land und ihrer Jugendtage in einer anderen Stadt.

Es war, als hätten sie beide, in ihrem bisherigen Leben, nur aufeinander gewartet und sich endlich gefunden. So erlebten sie auch den ungewöhnlich heißen Sommer, der folgte. Es war so heiß, dass Wasser knapp wurde, der Fluss nicht mehr schiffbar, und die Ernte, oben auf den Höhen, vertrocknete. Sie zogen durch die Wälder der Umgebung, saßen im Baumschatten der Biergärten oder in den warmen Nächten auf der Terrasse über der Stadt, badeten im Vollmond im Fluss, versumpften in den schummrigen Kellerbars, und zum Ende des Jahres konnten sie sich nicht vorstellen, ohne den anderen zu leben und heirateten. Sie standen zwar auf wackligen Füßen, er ohne Beruf, sie mit Examen aber ohne Arbeit, aber sie waren zusammen, hielten sich fest, so konnte ihnen nichts zustoßen.

Diese Erinnerungen helfen ihm immer wieder auf die Beine. Die Pflicht ruft, sagt er sich und kramt seinen Terminplan hervor, um festzustellen, dass es für ein Gespräch mit dem Qualitätsleiter zu spät ist. Er geht zur Tür, in nächster Nähe, klopft an und öffnet sie. Er steht in einem kleinen Raum mit zwei Schreibtischchen und einer Frau, am Tisch angelehnt, als hätte sie auf ihn gewartet, eine Erscheinung, aus einer Illustrierten: Zunächst sieht er nur blonde Haare, dann Beine, die aus ihrem engen

Röckchen ragen, das, durch ihre schräge Haltung an der Tischkante, weit nach oben gerutscht ist.

„Bitte, lassen sie mich kurz anrufen."

Sie lächelt, als hätte er ihr ein schönes Kompliment gemacht, und deutet auf das Telefon. Er dreht ihr den Rücken zu und nimmt den Hörer ab.

„Ach Herrjeh! Was haben sie mit ihrer Hose gemacht! Sie ist am Hintern totalverschmutzt."
Den Telefonhörer lässt er zurückfallen:

„Ich halte das nicht mehr aus! Warum hat mir das noch keiner gesagt? Den halben Tag laufe ich so durchs Haus. Wahrscheinlich haben, hinter meinem Rücken, sich alle lustig gemacht über mich, alle haben gelacht!"

„Das sieht wie Lehm aus. Ich mache sie ihnen etwas sauber; ziehen sie sich aus."

„Ich kann doch nicht vor ihnen…"

„Hier ist sonst niemand. Stellen sie sich nicht so an! Oder wollen sie weiter so herumlaufen?" Schräg angelehnt, am Schreibtisch, balanciert er seine Schuhe und Hose von den Beinen. Und hält sie ihr, die unmittelbar vor ihm steht und ihm zuschaut, mit beiden Händen entgegen. Erleichtert bemerkt er, dass sein neues, weißes Hemd bis über die Oberschenkel reicht. In den Socken rutscht er auf dem glatten Parkett nach vorn und sucht Halt und greift nach der Frau: Die Hose noch in der Hand, umklammert er ihre Hüften. Sie schreit auf! Ein spitzer, durchdringender Schrei! Eine Nebentür öffnet sich. Ein männlicher Kopf erscheint im Türspalt. Er sieht vermutlich einen Mann ohne Hose, der eine Frau umklammert und schließt sofort wieder die Tür.

„Entschuldigen sie, ich bin so erschrocken, deshalb habe ich schreien müssen. Es tut mir leid."

„Mir auch, ich bin ausgerutscht!"

„Aber jetzt können sie mich wieder loslassen. Oder?" Er hält weiter, mit beiden Händen, ihre Hüften fest, in der einen Hand die Hose. Ihr Gesicht ist wenige Zentimeter vor seinen Augen. Er fühlt nichts. Er ist gelähmt. Er glaubt, sich nie mehr bewegen zu können. Sie windet sich aus seinem Griff, indem sie ihre Hüften sanft von ihm wegdreht und seinen Arm anfasst, als wolle sie ihn vor einem Sturz bewahren.

„Stehen sie fest? Fallen sie mir nicht um. Sie sind so blass. Setzen sie sich hier in den Sessel. Geben sie mir endlich ihre Hose."

„Der Mann, wer war das?"

„Ach, ein Kollege. Wir arbeiten zusammen. Er ist ein Kasper. Er ist sicher schon im Haus unterwegs, um allen zu erzählen, was er gesehen hat."

„Was hat er gesehen?"

„Dass sie mich vergewaltigt haben."
Sie lächelt und schaut ihm in die Augen. Er rutscht noch tiefer in seinen Sessel. Sie bearbeitet seine Hose über dem Waschbecken und föhnt sie anschließend, endlos lang, hingebungsvoll, in langsamen,

bedächtigen Handbewegungen. Das eintönige Summen des Geräts vertieft seine Lähmung. Wie durch einen Schleier sieht er die Frau vor sich. Er weigert sich, die drängenden Gedanken über die Folgen dieses Vorfalls zu zulassen. Er will seine Hose. Er will diesen Raum verlassen dürfen. Er will ordentlich wieder, über den Gang, zu seinem nächsten Gespräch gehen.

„So, es ist kaum noch etwas zu sehen, wenn man nicht scharf hinschaut, auf ihren Arsch."

Begleitet von ihrem Lachanfall verlässt er das Zimmer. Hätte er seinen Harnisch angehabt, wäre das alles nicht passiert, denkt er. Er ist vollkommen aus seiner Rolle, seiner Theaterrolle, gefallen. Ihm ist seine lang eingeübte Form abhandengekommen, das fühlt er, und weiß nicht mehr, wer er ist: Alles gerät heute daneben, nichts ist, wie es immer war. Und da fällt ihm ein, dass er seine Jacke im Vorzimmer von Doktor Bergler hängen hat. In seiner Verwirrung ist er aus dem Zimmer dieser Frau davongestürzt und weitergelaufen, mit dem einzigen Gedanken, nichts wie weg, als würde mit zunehmender Entfernung alles ungeschehen gemacht. Nun weiß er nicht, wo er sich befindet und wie er von hier aus zu seiner Jacke gelangen kann. Er darf auch niemanden fragen. Er könnte erkannt werden. Man würde sich mehr als wundern, dass er nicht weiß, wo sein Chef, der Vorstandsvorsitzende, residiert.

So fängt er an, umher zu irren, durch diese Gänge, treppauf, treppab, um Flurbiegungen, in Erwartung ein Ende abzusehen. Dieser Gebäudetrakt ist ihm unbekannt. Ab und zu begegnen ihm fremde Menschen, einfach gekleidet, die hastig an ihm vorbeihuschen. Ein Blick aus einem Fenster hätte ihn weiterhelfen können, aber er ist vermutlich tief im fensterlosen Gebäudeinneren unterwegs. An den Wänden hängen keine Bilder, nicht einmal Schautafeln. Dafür sind, an ihnen entlang, Kisten und Schachteln gestapelt, lehnen schiefe Regale, die mit allerlei Kram beladen sind, und Kabelleitungen hängen kreuz und quer an den Wänden, die wohl einmal weiß waren und jetzt grau und abgeblättert, einen verwahrlosten Eindruck auf ihn machen. Eine grelle Neonbeleuchtung lässt die Augenhöhlen der Vorbeigehenden gespenstisch schwarz erscheinen. Er hat das Gefühl, hier nie mehr herauszukommen, sich immer tiefer in dieser Unterwelt zu verirren. Hier sind Menschen beschäftigt, die in ihren Kostenrechnungen als „Gewerbliche" einstuft werden, Sachbearbeiter einer in Splitter zerfallenen Arbeitsteilung, deren Anfang und Ende sie nicht überschauen können. So fühlen sie sich als winziges, unwichtiges Rädchen, in diesem großen Firmengetriebe. Hier arbeiten die Menschen, die zuerst von Rationalisierungsmaßnahmen und Einsparungsverordnungen betroffen werden: Zurzeit sind Bleistifte, Radiergummis und ähnliches Material bei ihnen rationiert, während es in den oberen Etagen weggeworfen wird. Die Firma muss sparen! Geschäftsreisen werden ihnen derzeit nicht erlaubt. Entlassungen drohen jenen, die nie richtig funktioniert haben, die kein Netzwerk haben, die keine lückenlosen Papiere haben, die pünktlich nach Hause gehen wollen.

Er gibt sich den Anschein von Zielstrebigkeit, als wüsste er, wohin er gehen wolle: Aufrecht, gemessenen Schritts. Seine Unsicherheit, ja Verwirrung, darf nicht erkannt werden, wenn er um eine Ecke biegt und anstelle eines Lichtblicks, wieder nur in ein unbekanntes Flurstück blickt. Er befürchtet, irgendwann im Keller zu landen, wo seine Anwesenheit endgültig auffallen würde. Schließlich gelangt er zur Tür eines Lastenaufzugs, die er aber nicht öffnen kann. Er wartet bis endlich ein junger Mann mit einem beladenen Gitterwagen ankommt und ihn mitnimmt, das heißt, er zwängt sich, an dem Wagen vorbei, in die Kabine. Während ihrer Auffahrt, die ihm endlos lang erscheint, blickt der Junge, wortlos, vor sich auf den Boden. Ein so heftiger Ruck durchfährt den Aufzugkasten, dass sich beide am Gitter des Wagens festhalten müssen. Der Aufzug steht, seine Tür aber öffnet sich nicht. Fragend schaut er den Jungen an. Der hebt den Kopf, aber blickt an ihm vorbei auf die graue Aufzugswand:

„Das passiert manchmal."

„Stecken wir jetzt fest?"

„Ja, aber das wird schon wieder."

„Wie lange dauert das?"

„Das ist unterschiedlich; manchmal Minuten, manchmal viel länger."

„Und warum wurde das nicht behoben?" Der Junge zuckt mit den Schultern, verzieht die Mundwinkel nach unten. Sein Gesichtsausdruck lässt alle Hoffnung auf rasche Hilf fahren. Er betätigt den Notruf auf der Steuertafel und spricht in die Lautsprechermuschel. Der Pförtner meldet sich und verspricht schnelles Eingreifen. Das kommt ihm vor, wie eine tägliche Routine. Sie sollen ruhig warten. Ruhig kann er nicht bleiben. Seine Zeit schwindet dahin. Solange er sich bewegt hatte, auch als er sinnlos durch das Haus lief, war ihm das nicht bewusst. Jetzt erfasst ihn Unruhe. Seine Besuchstermine sind restlos überzogen! Er nimmt sich vom Wagen zwei Aktenordner, legt sie auf den Boden und setzt sich darauf. Auch der Junge setzt sich, direkt auf den Boden.

„Wo könnten wir feststecken?"

„Zwischen dem zweiten und dritten Stock."

„Geht der Aufzug nicht höher?"

„Nein, oben, im Allerheiligsten, brauchen sie keine Lasten."

Es gelingt ihm nicht, den Jungen gesprächig zu machen. Er hat die Rücken der Aktendeckel vor Augen und liest deren Aufschriften: Alles Belege! Er öffnet einen Ordner, tatsächlich, Karteikarten mit handschriftlichen Einträgen: Teilenummer und ihre Zu- und Abgänge. Das kennt er. Da kommt ihm eine seiner ersten Arbeiten in Erinnerung:

Zusammen mit einem ausgefuchsten Kollegen, sollten sie eine Millionendifferenz zwischen Inventur und Computerausdruck klären – Diebstahl, Unterschlagung, Betrug, Systemfehler - vielmehr arbeitete sein Kollege an der Aufklärung und er, als Neuling, schaute ihm zu und ging ihm zur Hand. So sollte er einmal ins Lager gehen und vor Ort recherchieren. Die Lagerhalle war gewaltig, mit bedrohlich hohen Regalreihen verstellt. Am Fuß einer solchen Reihe fand er einen Schreibtisch, notdürftig mit einer Hängelampe beleuchtet. Am Tisch kauerte ein Mann in einer Schreibarbeit versunken. Nachdem er sich ihm vorgestellt hatte, fragte er ihn, was er hier mache. Der Mann, offenbar froh über eine Unterhaltung und sichtlich erfreut über das Interesse „von Oben" an seiner Arbeit, erklärte ihm langatmig sein Tun. Er konnte es nicht glauben, was er hörte: Die Teile, die hier eingelagert und für die Produktion wieder entnommen wurden, registrierte er, und zwar im Computer, aber gleichzeitig handschriftlich, in Schönschrift, auf Karteikarten, wie er das immer gemacht habe, weil er dem Computer nicht traue. Schon sein Vater habe hier als Schreiber gearbeitet. Er selbst hatte in diesem Lager als Lehrling angefangen, war vom gewerblichen Hilfsarbeiter zum Vorarbeiter und schließlich zum Schreiber aufgestiegen. Er schien stolz auf seine Karriere zu sein und überschüttete ihn mit seinen Erzählungen. Was er tat, musste er heimlich machen, weil mit dem Einsatz von Computern, Handschriftliches verboten wäre. Aber er demonstrierte ihm tatsächlich große Ungereimtheiten zwischen der Maschine und seinen Karten, was ihm das Recht gebe, gegen Vorschriften zu handeln. Eines Tages würde er den Lohn für seine Befehlsverweigerung erhalten. Er hatte das Gefühl, der Mann glaubte, mit seinem Erscheinen könnte sich seine Hoffnungen nun erfüllen. Er wollte nicht enden, seine Karten an den Bildschirm zuhalten, um die Zahlenunterschiede greifbar zu machen. Er öffnete sämtliche Fächer seines Schreibtisches und holte Stöße beschrifteter Karteien hervor. Er befürchtete schon, er würde jede an den Schirm halten wollen.

Er überschüttete ihn mit Lobhudeleien, Anerkennung und Bewunderung für seinen Fleiß und wollte sich davonmachen. Der Mann hielt ihn am Ärmel fest:

„Schauen sie hier; das muss ich ihnen noch zeigen. Das ist wichtig für sie. Am 3.5. wurden 580 Teile angeliefert. Das habe ich so in meine Karte eingetragen. Das habe ich selbst geprüft. Und was sehen sie im Computer: 805! Hier auch: Eingang am 14.5. 790 Stück, im Computer, 907 Stück. Und so kann ich ihnen tausend Beispiele zeigen für die Eingänge, immer das Gleiche, immer mehr als tatsächlich geliefert wurde. Aber, das werden sie nicht glauben, bei den Ausgängen, den Entnahmen für die Produktion, genau umgekehrt: Schauen sie: Am 8.6., zum Beispiel, habe ich 530 ausgegeben und auf meiner Karte notiert. Aber was sehen sie im Computer: Das ist nicht zu glauben, nur 305 weg! Hier noch, ein besonders dicker Hund: Tausend Stück raus, laut meiner Karte da. Ich weiß noch genau, ein Großauftrag, an einem Tag alles weg, aber sehen sie, im Computer, schauen sie: Null. Verstehen sie? Die Einlieferungen wurden höher gerechnet, die Abgänge niedriger, als tatsachlich der Fall war. So sind unsere Bestände im Rechner ins unermessliche gestiegen. Es sollte so aussehen, als sei im System ein Zahlendreher, aber das glaube ich nicht."

„Was glauben sie denn?"

„Da will ich lieber nichts sagen. Das ist ein heißes Eisen."

„Ich bin erschüttert! Haben sie das gemeldet?"

„Das konnte ich doch nicht. Ich darf doch keine Kartei führen."

Der Mann war außer sich. Er war aufgesprungen, wühlte in seinen Karteikarten, stößelte sie auf, verteilte sie wieder über die Schreibtischplatte, als suche er weitere „dicke Hunde". Er tat ihm leid. Er war einem Betrug auf der Spur und musste schweigen. Seine Arbeit, vom Erfolg gekrönt, seine Zivilcourage berechtigt, aber keiner durfte das erfahren; nur ihm hatte er sich anvertraut. Er beruhigte sich und schaute ihn unsicher an, dann kritisch, misstrauisch, schräg von unten. Er runzelte seine Stirn. Er fühlte wohl, dass er sich verraten, dass er sich ihm ausgeliefert hatte.

Wie er später hören musste, wurde der Mann entlassen, als warnendes Beispiel für alle, die die neue Digitalisierung unterliefen. Man glaubte, eine Ursache gefunden zu haben, warum, trotz Einsatz der neuen Computer, die erwartete Personalreduzierung ausblieb. Er selbst, tief betroffen, nahm sich vor, künftig vorsichtig zu sein, um nie mehr einen Grund zu liefern, andere zu schädigen. Doch er hätte die Sache nicht für sich behalten können. Schuldbewusst versuchte er noch etwas zu retten, die Verdienste des Mannes hervorzuheben, und sprach mit dessen obersten Vorgesetzten, dem Leiter der Materialwirtschaft. Doch der sagte, er könne nichts machen, ihm seien die Hände gebunden, Diese bedauernswerte Entlassung wäre eine Anweisung von „ganz oben" gewesen.

Der Mann hatte ihnen den entscheidenden Hinweis geliefert, dass der Rechner manipuliert wurde. Außer ihm hatte nur Zugang die Betriebswirtschaft. Dort fanden sie auch die Schuldigen, das heißt, sein Kollege ermittelte sie und er stand daneben, aber der Erfolg war so groß, dass auch etwas davon für ihn abfiel. Ihm wurde auf die Schulter geklopft, auch von ihm vollkommen Unbekannten. Er sollte erzählen, wie sie dahintergekommen waren, was er nicht durfte: Die Sache wurde vom Vorstand abgewürgt und zur Verschlusssache erklärt. Es lag auf der Hand, warum: Zum Jahresende wurde das Betriebsergebnis auf diese Art beschönigt.

In seine Erinnerung versunken, hat er die Zeit vergessen. Irgendwann öffnet sich die Aufzugtür. Der Junge hat sich schon vorher vom Boden erhoben, als fühlte er das nahe Ende ihrer Gefangenschaft, und fährt seinen Wagen auf den Gang und wartet, wieder mit gesenktem Blick, bis sein Mitfahrer aussteigt; dann verschließt er die Tür und schiebt seinen Wagen den langen Gang hinunter, in seltsam gebeugter Haltung, und entschwindet seinem Blick. Der Aufzug, wie er an den Signallampen erkennt, gleitet nach unten und mit ihm die beiden Ordner, auf denen er gesessen war, und die er vergessen hat, zurückzulegen: Ergebnis eines ganzen Arbeitslebens, dessen Ergebnis von dem Jungen zur Verschrottung gefahren wird und für seinen Urheber zur Falle geworden war.
Er selbst geht zum nächsten Fenster, blickt auf Hinterhöfe, flache Hallen und Schuppen. In ihrem Untergrund muss er wohl umhergeirrt sein. Von hier oben kann er sich orientieren und findet seinen Weg.
Frau Scheller steht im Büro und schaut ihn voller Entsetzen entgegen.

„Herr Pistorius, sind sie von allen guten Geistern verlassen? Im Haus wird erzählt, sie seien über Frau Zoltl hergefallen. Sie seien in Flagranti ertappt worden."

Er lacht, schrill, gequält; das hat er befürchtet. Seine schlimmsten Erwartungen bestätigen sich

„Ich habe nur meine Hose ausgezogen. Diese Frau wollte das. Sie war hinten voll, die Hose, verschmutzt vom Lehm, hat sie gesagt. Sie wissen doch, dass ich einen Menschen im Wald gerettet habe. Der Waldboden war dann überall an mir. Ich habe das nicht bemerkt. Keiner hat mir etwas gesagt."

„Und als sie ohne Hose waren, ist ihnen nichts Besseres eingefallen, als über die Frau herzufallen?"

„Nein, ich bitte sie, was denken sie, ich bin ihr nur zwischen die Beine gerutscht, ausgerutscht am Schreibtisch; musste mich festhalten an ihr."

„Aber sie hat doch laut um Hilfe geschrien."

„Nicht um Hilfe, wer erzählt denn so etwas! Sie ist erschrocken, hat sie selbst gesagt. Es tat ihr leid, hat sie gesagt."

„Und dann?"

„Nichts, und dann! Ich habe ihre Hüften losgelassen, das heißt, sie hat sie losgelassen, von mir, das heißt, sie hat sich herausgedreht aus mir, von mir weg. Sie hat mir dann die Hose gereinigt. Schauen sie."

„Lieber Herr Pistorius, das glaubt ihnen doch keiner, außer mir. Es hat sie doch einer beobachtet und gesagt, er habe genau gesehen, wie sie bei ihr waren. Ich schlage ihnen vor, sie schreiben einen Bericht und geben ihn mir. Ich schaue dann, dass sich die Sache beruhigt, aber ich fürchte, es ist schon zu viel geredet worden. Sie kennen ja das Haus."

Auf dem Gang, in seiner Jacke, fühlt er sich nicht sicherer. Er denkt nur: Mein Harnisch…, mein Harnisch…. Er muss diesen Vorfall verdrängen. Jetzt braucht er einen klaren Kopf. Er sieht den Selbstmörder vor sich auf dem Boden liegen, sein grobes Gesicht und den Speichel aus seinem halbgeöffneten Mund und die fest verschlossenen Augen, die er nicht anschauen konnte, weil er befürchtete, sie könnten jeden Moment aufgehen und ihn anstarren. Er spürt wieder seinen fetten, weichen Hals in seinen Händen und seine Hilflosigkeit und lähmende Unfähigkeit. Wenn jetzt noch herauskommt, dass der Selbstmörder davongelaufen ist! Diese Gedanken darf er nicht weiterverfolgen, genau so wenig, wie die Sache mit dieser schönen Frau Zoltl. Er muss den endlosen, unaufhörlichen Gedankenstrom in seinem Kopf steuern. Er muss jetzt da sein mit beiden Beinen auf dem Boden, hier in diesem Gang, vor dem Vorzimmer von Frau Scheller, vor diesem Wandbild: Ein Seehafen mit schaukelnden Barkassen und Ruderbooten, mit Spaziergängern und Sonnenreflexen überall, Sonntagnachmittag am Meer. Er wünscht sich zu seiner Firma zurück. Da könnte er in wenigen Minuten am Strand stehen und die Brandung hören und sehen und weit zum Horizont schauen. Nein, er muss jetzt ganz, in diesem Augenblick, da sein, sich fühlen, wie er dasteht auf dem weichen Teppichläufer. Er darf auch jetzt nicht an seine Frau denken. Sie kann das: Einfach da sein, wie eine Blume. Ihr Ruhen in sich ist für ihn ansteckend. Diese Selbstverständlichkeit, leben im Augenblick! Bevor er jetzt weitergeht, muss er seine Rolle wiederfinden, seinen festen Tritt, seinen aufrechten Gang, sein entschlossenes Gesicht.

Hinter seinem Rücken wird die Tür aufgerissen. Frau Scheller hastet heraus:

„Ach, da sind sie noch, ich wollte ihnen nachlaufen. Sie möchten zur Besprechung mit Herrn Donners um 16 Uhr ins Werk kommen. Sie seien informiert."

„Aber das ist doch gleich. Wie soll ich so schnell dorthin kommen! Können sie mir einen Fahrer schicken?"

Das fehlte ihm noch, in seiner Verfassung, mit diesem Menschen zutun zu haben!

Zur Sitzung ist die oberste Führungsmannschaft angetreten. Donners liebt große Auftritte. Er freut sich, seinen Geschäftsfreund, nein, sein Partner, unter ihnen zu entdecken: Er mag ihn, ein aufrechter Kämpfer! Donners beginnt ohne Umschweife:

„Herr Pistorius hier, den sie alle kennen, behauptet, unsere P2-Anlage, die uns seit Jahren treu dient und die wir ihm schenken wollen, sei ein Schrott mit ständigen Ausfällen. Er behauptet des Weiteren, über Beweise zu verfügen. Ich habe hier eine Ausfallliste der letzten Jahre und sehe keinerlei Belege für seine Unterstellungen. Er behauptet, es gäbe eine zweite Liste, die chaotische Zustände offenbare. Was sagen sie dazu, meine Herren?"
Langanhaltendes Schweigen!

„Was ist, Herr Franken, sagen sie ´was."
Der Werksleiter, für diese Sektion, räuspert sich.

„Das ist, äh, eine Ungeheuerlichkeit. Herr Pistorius ist nicht vom Fach. Er kann das nicht beurteilen."
Allgemeines, zustimmendes Gemurmel. Franz Mühfelder, sein Partner und erklärter Gegner von Franken, sagt ruhig, in seiner gelassenen Art:

„Das stimmt, die Anlage ist dem Schrott nahe. Es gibt zwei Listen."
Donners stiert ihn an, starrt in die Runde, von einem zum anderen, als würde jemand doch noch etwas anderes sagen, und sein Gesicht läuft rot an:

„Warum weiß ich das nicht? Warum hat mir das keiner gesagt? Warum gibt es hier Vorgänge, die an mir vorbeigehen? Warum muss ich das, so en passant, von diesem Herrn hier erfahren? Das hat Konsequenzen, meine Herren!"

Er greift nach seiner Mappe und stürmt hinaus. Pistorius bemüht, keinen Triumpf zu zeigen, lächelt gequält, gibt Mühlfelder die Hand und verlässt den Raum, in dem sich, in dem Moment, in dem er die Tür hinter sich schließen will, lautes Geschrei erhebt. Durch den Türspalt lauscht er. Jeder will sich offenbar Luft machen:

„Sind sie verrückt geworden, wie konnten sie das sagen!"

„Das musste ´mal herauskommen!"

„Das hat der Vorstand selbst soweit getrieben. Nichts wissen wollen!"

„Sie sind mir in den Rücken gefallen! Ich wusste von nichts! Sie sägen an meinem Stuhl."

„Gottseidank, jetzt muss endlich was passieren!"

„Der Vorstand macht sich ein schlaues Leben. Nichts wissen wollen!"

„Ich habe immer gesagt, das geht nicht lange gut!"

Ein warmer Strom von Befriedigung durchfährt ihn, immer stärker, immer heftiger, die ihn schweben lässt, während er durch die Produktionshalle das Gebäude verlässt und vom wartenden Fahrer zur Verwaltung zurückgefahren wird. Er hat ein Scharmützel gewonnen, aber wahrscheinlich wars ein Pyrrhussieg! Donners wird auf Rache sinnen. Sein Ansehen, seine Überheblichkeit, seine fein gepflegte Eitelkeit sind verletzt. Er ist nicht schuld daran, er hat ihm nicht Unrecht getan. Zumindest ist er sich keiner Schuld bewusst.

Hat er ihn doch mit seinem Anruf vorbereitet. Er hätte sich diese Blamage ersparen können, wenn er umsichtiger vorgegangen wäre und nicht diese Inszenierung mit seiner Führungsmannschaft veranstaltet hätte. Er ist in die Grube, die er ihm gegraben hat, selbst gefallen. Irgendwie fühlt er keinen Triumpf mehr; er tut ihm leid. Seine Selbstsicherheit, seine Überheblichkeit, seine Arroganz haben ihn in diese Falle tappen lassen.

„Liebet euere Feinde."

Das kommt ihm im unpassenden Moment in den Sinn! Er braucht einen Rückzugsort und geht zu seiner Sekretärin, wirft sich in den Ledersessel, streckt die Beine von sich und atmet tief:

„Sie glauben nicht, was inzwischen alles passiert ist."

Er beginnt seinen Bericht mit Frau Zoltl, aber das weiß sie schon; dann von der Sitzung, aber das weiß sie auch schon, weil die Sekretärin von Klausmann angerufen habe; er solle zurückrufe: Klausmann würde in seinem Büro Freudentänze aufführen.

"Das mit Frau Zoltl dürfen sie nicht so leichtnehmen. Das könnte ihnen den Kopf kosten. Donners ist angeschossen. Er wird auf Rache sinnen."

Er diktiert ihr seinen Bericht über die angebliche Vergewaltigung direkt in die Maschine und eilt zum Büro von Frau Zoltl, damit sie das Papier mitunterschreibe. Jedoch, ihr Zimmer ist leer. Die Nebentür, von der dieser Lügner hereinschaute, ist halb geöffnet. Im Raum sieht er ein Mädchen. Sie sagt ihm, Frau Zoltl sei nachhause gegangen, sie habe sich schlecht gefühlt. Ihr Kollege sei vom Vorstand gerufen worden. Er sei fürchterlich aufgeregt gewesen. Es käme nie vor, dass ein einfacher Angestellter vom Vorstand geholt werden würde.

Auf seinem Rückzug zur Sekretärin muss er ihr zunehmend Recht geben. Da braut sich etwas über ihm zusammen, was er nicht kontrollieren kann, was nicht greifbar ist, was, einmal ausgesprochen, ein Eigenleben annimmt, immer weiter sich ausbreitet, wie ein Krebstumor.

Sein Plan bestand doch nur darin, ihr, so mühevoll und hoffnungsvoll ausgearbeitetes Sanierungsvorhaben zu präsentieren, um auf einem kurzen Instanzenweg die Genehmigung zu erhalten, loszulegen, die Ärmel hochzukrempeln und arbeiten zu können. Stattdessen schleppt er sich durch diese Gänge, gescheitert, von schmutzigen Vorwürfen überschüttet, gedemütigt, bedroht von einem Vorstandsegomanen, verfolgt von diesem Selbstmörder, bedrängt von den Verkaufsheinis, geschulmeistert von einem schmierigen Finanzfuzzi. Aber diesem Kerl ist doch auch nichts passiert, obwohl er tatsächlich, unter Zeugen, sich am Boden mit seiner Sekretärin gewälzt hatte. Im Gegenteil! Er sitzt weiterhin wohlgefällig an seinem Schreibtisch und genießt den Ruf eines Don Giovannis. Sein Opfer wurde mit Schimpf und Schande

davongejagt, als habe es den armen Bonlein derart be-
zirzt, dass er über sie herfallen musste. Diese Geschichte
wurde doch auch gedreht und gewendet, wie man sie
brauchte. Bei ihm scheint das gleiche versucht zu werden, nur anders herum, zu seiner Vernichtung.

Er fühlt sich nicht fähig, Susanne anzurufen, obwohl er
unbändigen Wunsch dazu verspürt. Sie würde seine Nie-
dergeschlagenheit sofort empfinden und sich sorgen und
fragen; und er wüsste nicht, was er antworten sollte, um
nicht auch vor ihr lächerlich zu erscheinen, denn nur die
Wahrheit, einmal ausgesprochen und von ihr mit ihrer
lieblichen Stimme kommentiert, könnte ihn erleichtern.
Er setzt sich auf einen Stuhl, der mitten im Gang steht,
als wäre er vergessen worden. Er wünschte, auch vergessen zu werden.

Warum nur war er so voll Lehm bekleckert gewesen?
In seiner Erinnerung hatte er kaum Berührung mit dem
Boden gehabt, bis auf das Hinsetzen an der Seite des
Mannes. Hatte er da nicht sein Taschentuch ausgebreitet?
Der Stein, mit dem er das Autofenster einschlug, war
auch nicht voll Erde, glaubt er. War gar der Mann
schmutzig gewesen, als er ihn aus dem Auto gezerrt
hatte? Ihm war kurze Zeit übel. Ist er selbst umgefallen,
ohnmächtig, und weiß von nichts? Der Mann lag doch
noch am Boden, als er wegrannte, um Hilfe zu holen, o-

der war der schon weg? Wieder wundert er sich, wie wenig er in Erinnerung behalten hat oder wie wenig er wahrgenommen hat. Hat er das alles geträumt? War er in der Raststätte eingeschlafen oder auf dem Baumstamm am Wegrand, so fertig wie er war, und hat das alles geträumt und ist danach erst durch den Wald gegangen? Er muss in der Raststätte anrufen, den Chef sprechen, unter einem Vorwand, und ihn aushorchen. Er muss ein Büro finden, das leer ist, um ohne Zuhörer telefonieren zu können.

Er erhebt sich mühsam - seine Muskeln und Gelenke schmerzen - öffnet eine Tür nach der anderen und blickt in die Räume: Meist sind sie besetzt oder Nebentüren stehen offen, aus denen Stimmen dringen. Schließlich findet er ein kleines Zimmer, in dem nur ein junger Mann sitzt.

„Ich muss dringend mit dem Vorstand telefonieren. Würden sie mich bitte kurz allein lassen?" Der Junge nickt und verlässt sein Büro.

Bevor er jedoch den Hörer abnimmt fällt ihm ein, dass die Anrufnummern der Verwaltungsbüros registriert werden, um Privatgespräche zu kontrollieren. Der Junge könnte nachprüfen oder angesprochen werden. Das wäre fatal. Er muss sich etwas anderes einfallen lassen. Mit schweren Schritten geht er zu seiner Sekretärin zurück.

"Wo waren sie denn solange? Frau Scheller hat schon nach ihrem Bericht gefragt. Doktor Bergler will ihn dringend haben. Da braut sich etwas zusammen!"

Er berichtet von seinem missglückten Versuch die Frau unterschreiben zu lassen. Die Sekretärin gibt Anweisungen, einen Fahrer zu dieser Frau in die Wohnung zu schicken, um ihre Unterschrift einzuholen.

„Die Sekretärin von Klausmann hat auch schon mehrmals angerufen. Sie sollen dringend zurückrufen. Der Vorstand will von ihnen hören, was da in der Besprechung mit Donners gelaufen ist."

„Wissen sie was, Frau Enk, die können mich alle mal… Ich gehe jetzt heim. Morgenfrüh fliege ich zurück. Wir müssen hart arbeiten, und schnell. Wenn ich nicht bald etwas abliefere, siehts schlecht für uns aus. Ich kann dann nicht sagen, es war keine Zeit, weil ich hier den Alleinunterhalter spielen musste. Hier laufe ich mir nur die Schuhsohlen ab."

„Das würde ich mir, an ihrer Stelle gut überlegen. Wenn sie nicht da sind, werden alle über sie herfallen. Dann sind sie schneller vom Fenster weg, als sie glauben."

„Ich werde gebraucht, in meiner Firma, da unten."

„Wir sind alle ersetzbar, lieber Herr Pistorius. Gegen wen haben sie denn schwarze Papiere?"

„Wieso schwarze Papiere, kenne ich nicht."

„Hören sie auf, da wären sie der einzige in ihrer Position, der nichts hätte."

„Ach, das meinen sie. Naja Donners, Klausmann, Hiltl, und so weiter, die ganzen Transaktionen zu uns, und Sachen mit Nachtclubs bei Besuchen und Geschenke. Sie wissen schon."

„Sehen sie, das ist doch was, das werde ich der Scheller stecken."

Widerstrebend ruft er das Vorzimmer von Klausmann an. In einer halben Stunde wird er erwartet. Für solche Dinge scheinen sie alle Zeit zu haben, denkt er. Bei seiner Präsentation standen sie unter Zeitdruck, angeblich. Er streckt sich in dem großen, weichen, tiefen Sessel aus und wartet bis die Zeit vergeht. Frau Enk sagt, sie komme in zwanzig Minuten zurück.

Er bleibt allein in diesem lichten stillen Raum. Er schließt die Augen. Er will sich von dem Gedankenstrom in seinem Kopf lösen. Er darf nicht wieder einschlafen! Die Nachmittagssonne scheint schräg zum Fenster herein und ihre gelben Strahlen treffen in einem Rechteck auf die Wand und auf den Ficus davor, der hellgrün im Licht steht und die Wand mit seinem Blätterschatten sprenkelt. Ihm fällt ein, dass er die Raststätte anrufen wollte. Das Telefon in diesem Büro der Führungsmannschaft wird nicht registriert. Er findet den Kassenzettel seines Morgenkaffees, in seiner Tasche und liest die Telefonnummer ab:

„Bitte, verbinden sie mich mit ihrem Chef".

„Herrn Gogel?"

„Gibt es mehrere?"

„Nein, nur Herrn Gogel."

Er wartet.

„Herr Gogel, ich war heute Morgen bei ihnen. Ich rufe sie an wegen der Sache mit der Rettungsmannschaft. Ich war dabei."

„Welcher Rettungsmannschaft?"

„Die bei ihnen stationiert ist oder war. Sie haben sie selbst alarmiert."

„Sind sie von der Polizei? Die hat doch schon angerufen."

„Nein, ich bin mit der Mannschaft mitgefahren, in den Wald."

„Sind sie der, der nichts gefunden hat?"

„Ja."

„Da haben sie ein schönes Durcheinander angerichtet. Aber ich habe mich nicht mehr darum kümmern können. Das habe ich auch schon der Polizei gesagt. Ich weiß von nichts. Die wollten Namen, Beschreibung, Autokennzeichen von ihnen haben. Rufen sie dort mal an."

Er legt schnell auf.

Was soll er tun?

Ruft er die Polizei an, wird er so schnell nicht mehr die Sache los: Wache, Verhör, Protokoll, endlos! Ruft er nicht an, macht er sich verdächtig. Vielleicht berichtet die

Zeitung mit einem Aufruf. Er sollte so schnell wie möglich abfliegen. Die Zoltlsache wird mit dem Bericht und ihren Unterschriften niedergeschlagen werden.

Frau Enk poltert ins Zimmer:

„Stellen sie sich vor, stellen sie sich bloß vor! Die Zoltl unterschreibt nicht. Sie habe Anweisung von ihrem Chef nichts zu machen und krank zuhause zu bleiben!"

„Scheiße", sagt er und geht zu Klausmann, auch nicht sein Freund, denkt er!

Der empfängt ihn mit ausgebreiteten Armen, als wollte er ihn umarmen und führt ihn zur feinsten Sitzecke, streckt im Sessel weit seine langen Beine von sich:

„Café, Bier, Kognak, Pistorius? Dem Donners haben sie´s gezeigt, leck mich am Arm! Erzählen sie mal."

Ihm ist alles so leid, so überdrüssig! Er fühlt sich immer tiefer einsinken in diesen Sumpf. Das sind keine Gefechte mit offenem Visier, für die er seinen Harnisch ausgedacht hatte. Die bewerfen sich mit Schlick, wie die Kinder am Strand. Irgendeiner geht da immer, zum Schluss, heulend davon. Wer soll hier auf der Strecke bleiben?

Klausmann erhebt sich, steht riesengroß vor ihm, schaut auf in herunter, von ganz oben und grinst, viel mehr fletscht er sein Gebiss, wie ein Raubtier, das gleich in die Beute beißt. Er wendet sich zum Vorzimmer. Pistorius

mag ihn und fürchtet ihn und hasst ihn. Er kann unge-
heuer liebenswürdig sein, freundschaftlich den Arm um
ihn legen, ihn duzen, fragen, wie´s geht, einen Witz erzählen, in seinem scharfen norddeutschen Dialekt, der
mehr imitiert ist als angeboren. Er soll nur kurze Zeit am
Meer aufgewachsen sein. Aber er gibt gern den Seebären.
Seine Haarmähne strähnig nach hinten gelegt, hemdsär-
melig, den Hemdkragen offen, die Beine überkreuz auf
den Schreibtisch gelegt, polternd, dröhnend. In dieser
Gesellschaft der Korrekten, Angepassten, der leisen
Töne, der dezent Gekleideten, immer Sprungbereiten,
gibt er sich gern als enfant terrible und genießt Narren-
freiheit, dank seiner Erfolge, die weniger seinem Können
und Wissen zuzuschreiben sind, als vielmehr seiner Fähigkeit, andere still und heimlich für sich arbeiten zu lassen und deren Ergüsse als eigene zu verkaufen. Ein anderes Mal stolziert er an ihm vorbei, wenn er ihn nicht
braucht, arrogant, hochnäsig, verzieht allenfalls die
Mundwinkel, abschätzig, von oben herab, grußlos. Er hat
ihn durchschaut. Für ihn spielt er eine durchsichtige
Rolle. Er glaubt, dass Klausmann im Inneren unsicher ist
und das mit seinem Gehabe überspielen will.

So hat er ihn einmal ziemlich angetrunken erlebt. Zu
dritt saßen sie in einer Whiskeybar, nach einem anstren-
genden, erfolgreichen Besuch von Kunden, die, zu seiner
Erleichterung, abreisen mussten und nicht, wie meist üblich, auf ausschweifendes Nachtleben aus waren; sein

Alptraum, aus dem er sich jedes Mal versucht, rechtzeitig, unauffällig zu befreien, indem er seine Leute einsetzt, die die jeweils, geeigneten Bordelle kennen, geduldig am Ausgang warten, die Rechnungen bezahlen, Taxis besorgen und die Angeschlagenen verfrachten.

In der Bar waren keine Frauen. Sie hingen an der Theke, aus Mahagoni, auf wuchtigen Lederhockern mit hoher Rückenlehne, die ein Herunterfallen erschweren sollte. Raummusik durchrieselte das warme Lokal, das trotz der zahlreichen Gäste, die Mehrheit in dunklen Anzügen, dezent getönt war, sodass ihm die dröhnende Stimme von Klausmann unangenehm war:

„Pistorius – er sagte Piiisorus – du musst immer wissen, was du willst. Ich glaube, du weißt es nicht. Du scheinst mir so dahinzuleben ohne Plan und Ziel. So machst du keine wirklich große Karriere. Das willst du doch, so wie du immer herumrennst. Du brauchst einen Karriereplan, den du knallhart verfolgst. Dann kannst du weit kommen. Wie ich. Schau mich an. Bin ich Vorstand oder bin ich keiner? Wurde mir das geschenkt? Nein, Piiisorus, nein, sage ich dir. Nichts wurde mir geschenkt im Leben, alles knallhart geplant und durchgezogen. Per aspera ad astra, sag ich nur. Nichts war ich! Aus mickrigen Verhältnissen kam ich. Alle glaubten, mich herumstumpen zu können. Aber ich hab es ihnen gezeigt. Nicht mit mir, habe ich mir gesagt. Eine Strategie muss her und ein Plan und eine Ausrüstung. Und schau mich an: Bin ich Vorstand oder bin ich keiner? Und ich werde noch mehr, da wirst du noch staunen."

Klausmann kommt zurück und lässt sich in den Sesel fallen, verfolgt von einer seiner Sekretärinnen, der Molligen, die in ihren weiten, bunten Gewändern hinter ihm her flattert und ein Tablett auf den Tisch abstellt, übervoll mit Getränken und Canapés. Klausmann schenkt sich Kognak und Bier ein und füllt seinen Teller und schiebt das Tablett dann näher zu ihm heran, wohl als Aufforderung, sich selbst zu bedienen. Will er ihn betrunken machen? Er muss mithalten und nimmt sich ein Bier. Sein Gegenüber isst und trinkt als hätte er lange gehungert. Die Nähe zu diesem massiven Menschen und dieses intime Hantieren mit dem Essen, machen ihn beklommen. Er versucht, seine Hemmung zu überspielen und lümmelt sich in seinen Sessel, das Bierglas in der Hand.

„Erzähl schon! Das Gesicht vom Donners hätte ich sehen mögen", sagt er mit vollem Mund.
Er berichtet so, als habe er von vornherein eine harte Strategie verfolgt, Donners von seinem Angebot abzubringen. Klausmann unterbricht ihn:

„Lassen sie diese technischen Details. Was war mit Donners? Wann tauchte der auf? Und warum ist er weggerannt? Wie haben die anderen reagiert? Er hat doch seinen ganzen Stall zusammengetrommelt."

Nun siezt er ihn, ein Zeichen seiner Ungeduld. Pistorius trinkt mit einem Zug sein Bierglas leer. Wie sonst sollte er das aushalten! Es geht doch um Sein oder Nichtsein seiner Firma. Diese Schrottanlage wäre der Ruin für sie. Sie haben genug Probleme mit der neuen Anlage, aber Hoffnung auf eine Sanierung und zuverlässige Produktion. Klausmann interessiert nur sein Kleinkrieg mit Donners. Hilfe ist von dem nicht zu erwarten. Er muss hier weg, so schnell wie möglich! Er entschuldigt sich und geht zur Toilette, vorgeblich, rennt jedoch zu seiner Sekretärin, sagt ihr atemlos, sie solle ihn in zehn Minuten beim Vorstand Klausmann anrufen und melden, er müsse sofort zu Doktor Bergler, der auf ihn warte. Ohne eine Antwort abzuwarten hastet er zurück, versucht, sich vor der Tür zu beruhigen und gleitet gelassen in seinen Sessel.

„Ein Bierchen, und schon pieseln, Pistorius, Pistorius, was ist aus dir geworden!"

„Also, der Herr Donners wollte uns wohl reinlegen und sich dabei gesundstoßen. Er hat die Sitzung einberufen mit großem Aufgebot seiner Führungsmannschaft, weil er wohl glaubte, vor ihnen ein brillantes Gefecht mit mir zu liefern. Das Gegenteil war der Fall. Er ist in die Grube gefallen, die er mir geschaufelt hat. Er hat uns unterschätzt."

„Von wem reden sie? Wieso „uns", es ging doch allein um sie?"

„Er hat Gegner in seinen eigenen Reihen. Die haben mich, sozusagen, aufgerüstet. Er ist in seine eigene Falle getappt."

„Sie reden in Rätseln. Werden sie sachlich."

„Sie wollten keine technischen Details hören. Die sind aber, meine ich, wichtig, um diesen Wirrwarr zu durchschauen."

„Welchen Wirrwarr? Wovon reden sie?"
Die Tür zum Vorzimmer geht auf und die Mollige streckt ihren Kopf herein und sagt, Herr Pistorius müsse sofort, unverzüglich, zu Herrn Doktor Bergler.

„Der Ober sticht den Unter. Machen wir Morgen weiter. Lassen sie sich den frühestmöglichen Termin geben."

Seine Sekretärin empfängt ihn mit den Worten:

„Da kommt er ja, unser Hellseher! Sie sollen tatsächlich zu Bergler, aber erst in einer halben Stunde. Donners ist auch dabei. Ich weiß nicht, worum es geht. Ich habe der Scheller ihren Bericht gegeben. Sie meinte auch, ohne die Unterschrift von der anderen, sei er ziemlich wertlos."
Er lässt sich in den Sessel fallen, der ihm inzwischen zum Rückzugsort geworden ist, von dem aus er neue Kräfte für sein nächstes Scharmützel sammelt. Allmählich geht ihm die Luft und die Lust aus. Er hat Termine streichen müssen, mit Leuten, die ihm wichtig sind und ihm weiterhelfen könnten, mit ihrem Wissen, ihrer Erfahrung in

Betriebsführung, in Menschenführung, Finanz und Technik, die bereitwillig reden, sobald an ihre Eitelkeit appelliert wird und die auch darauf spekulieren, von ihm in seine Firma eingeladen zu werden: Eine Reise in den Süden auf Geschäftskosten! An ihrer Stelle muss er sich mit diesen Sumpfhühnern herumschlagen, ein unergiebiger und ungleicher Kampf:

Ein Geschäftsführer gegen ein Vorstandsmitglied, ein aufrechter Kämpfer, für den er sich hält, gegen einen heimtückischen Intriganten. Er versucht, keinerlei Emotion und Gefühlsregung, die in ihm gegen diese Herrschaften aufsteigen, zuzulassen. Er muss nüchtern und kühl bleiben. Sie müssen ihn für einen leichten Gegner halten, schnell zu erledigen. Nur so hat er eine Chance, heil aus diesem Schlamassel herauszukommen.

Er möchte mit Susanne sprechen, ohne seine Querelen zu erzählen, nur ihre Stimme hören, die so weich und lieblich und warm ist und ihn jedes Mal in eine andere Welt entführt, weg von diesem Gestrüpp, in dem alles zu Zahlen und Egos erstarrt: Die Anwesenheit der Menschen zu Personalkosten, sie selbst zu einer Nummer, ihre Tätigkeiten zu Aufwand und Ertrag, ihre Arbeit zu Stückzahlen. Schließlich werden alle diese Zahlen dividiert, multipliziert und addiert, und daraus entstehen Kennzahlen. Zur Verbesserung dieser Kennzahlen werden, nach Be-

darf, die Menschen umbesetzt, ausgetauscht, wegge-
schickt. Ihre Gefühle, Emotionen und Bedürfnisse werden nicht in Zahlen umgesetzt. Die haben hier nichts verloren. Sie sind nur Störfaktoren. Gefördert werden Ego,
Ellenbogen, Auftreten und Aggressivität. Mit dieser Welt
der trüben Farben und verdrängten Sehnsüchte hat
Susanne nichts gemein. Wenn ihre vielen Kinder, für die
sie arbeitet, in Statistiken erfasst werden müssen, hilft er
ihr. Zahlen sind ihr ein Gräuel. Sie passen nicht in ihre
Welt der Farben, Pflanzen und Gefühle. Er kann ihr nicht
von seiner Zahlenwelt erzählen. Sie hört zwar zu, um ihm
zu gefallen, aber er spürt, dass sie nicht bei der Sache ist.
Er geht zum Telefon und versucht mehrmals, sie zu erreichen, aber sie meldet sich nicht. Dann macht er sich
auf zum Büro Bergler.

Er wird von beiden Vorständen erwartet. Sie sehen ihm
mit verkniffenen Gesichtern entgegen. Selbst sein Chef
gibt ihm nicht, wie sonst, die Hand. Er sagt:

„Wir sind hier, um über die Sache mit Frau Zoltl zu
sprechen."

„Die sie vergewaltigt haben", wirft Donners ein.

„Sollen, Herr Donners, sollen", entgegnet Bergler.

„Noch ist nichts bewiesen. Diese Frau ist im Bereich
von Herrn Donners tätig, deshalb ist er hier. Berichten sie
kurz, was vorgefallen ist."

Pistorius beginnt seinen Bericht. Donners unterbricht ihn:

„Das kennen wir doch alles aus ihrem Schriftstück. Das macht uns nicht schlauer. Die Aussage von Frau Zoltl ist eindeutig. Sie haben sich an ihr vergangen. Eigentlich gibt es nichts mehr zu bereden. Sie sind fristlos gefeuert."

„Langsam, langsam, Herr Donners, Herr Pistorius ist mein Mann. Das habe noch immer ich zu entscheiden."

„Ich verstehe sowieso nicht, warum er nicht mir unterstellt ist. Er produziert meine Produkte. Er hat meine Anlage. Er schaut sich das ganze Knowhow von mir ab. Ich beantrage, dass er zu mir wechselt."

„Wie sie sicher wissen, geht es nicht in erster Linie um die Produktion in seiner Firma. Wir verfolgen eine Gesamtstrategie mit diesem südlichsten Standort. Es ist ein schwieriger Markt, dort unten, in dem wir präsent sein müssen. Das hilft uns allen hier im Haus. Er bildet einen Brückenkopf, um unsere heimischen Märkte zu schützen. Aber das ist ihnen ja alles bekannt."

„Wenn es nicht um Produktion geht, dann kann er auch meine alte Anlage nehmen", sagt er unbeherrscht und beißt sich auf die Lippen. Er merkt, dass er sich verraten hat. Bergler, der sicher auch diesen Vorgang kennt, grinst und blickt Donners voll ins Gesicht. Pistorius zerreißt es schier vor innerem Lachen. Eine Hitzewelle steigt in ihm auf. Er starrt aus dem Fenster, an dem, in diesem Augenblick, ein Vogelschwarm vorbeizieht. Der Herbst kündigt sich an, denkt er.

„Machen sie, was sie wollen mit dieser Frau. Ich habe Wichtigeres zu tun!"

Donners verlässt, wieder einmal mit rotem Kopf, den Raum!

„Pistorius, schwören sie mir, dass ihr Bericht hundertprozentig stimmt."

„Alle Eide, Herr Doktor Bergler. Sie kennen mich; ich sage die Wahrheit, auch wenn sie mir schadet."

„Hauen sie schon ab, mein Lieber!"

Im Vorzimmer steht Frau Scheller und schaut ihm neugierig entgegen.

„Was war denn mit Donners los? Der ist hier, wie angeschossen, durchgelaufen."

Er erzählt ihr alles mit zunehmender Entspannung.

„Glauben sie nicht, dass der so schnell aufgibt. Sicher ist diese Frau bearbeitet worden, solche Aussagen zu machen. Das kann sich jetzt nicht einfach in Luft auflösen."

„Ich verlasse mich auf den Herrn Doktor; er ist auf meiner Seite."

Da fällt ihm das abgebrochene Gespräch mit Klausmann ein, das ja auch gegen Donners gerichtet ist, aber ihm nicht helfen wird, weil er Klausmann nur Munition liefern soll für dessen Eigenbedarf. Bergler muss ihm helfen, den Klausmann loszuwerden.

„Könnte ich den Herrn Doktor nochmals kurz sprechen?"

Er erzählt ihr auch diese Geschichte. Sie hängt an seinen Lippen, immer begierig nach Neuigkeiten.

„Ich muss Morgen zu meiner Firma zurück. Wir müssen dringend diesen Antrag stellen. Ich kann mich nicht weiter mit Klausmann aufhalten. Ich möchte den Doktor bitten, Klausmann zu sagen, dass ich abreisen müsste."

„Er telefoniert gerade. Dann muss er sofort aus dem Haus. Ich versuche, ihn für sie anzusprechen, wenn er hier durchkommt."

Wieder flüchtet er zu seiner Sekretärin, wenn auch nicht in ihre Arme, aber in ihre Nähe, die ihn beruhigt. Diese Frau hat so etwas Bodenständiges an sich, ein bisschen so wie Susanne. Sie wollte er anrufen, aber in der Nähe von Enk möchte er nicht sprechen. Sie macht auch keine Anstalten, den Raum zu verlassen, vielmehr berichtet sie ihm, genüsslich, wer inzwischen auf seine Anrufe warte.

„Nurler, das Vorzimmer, gebärdet sich, als wäre ein Brand ausgebrochen. Den Finanzmann sollten sie zuerst anrufen."

„Nurler!"

„Pistorius. Ich soll sie anrufen."

„Sagen sie mal, waren sie verschollen? Das ist keine Art, mich warten zu lassen! Wissen sie, dass sie pleite sind? Herr Bonlein legt mir ihre letzte Ergebnisrechnung vor. Sie können doch nicht dieses Ergebnis so klammheimlich auf seinen Tisch legen und ihres Weges gehen. Es brennt doch bei ihnen. Das ist keine Art! Das muss sofort im Vorstand behandelt werden. Das schreit nach Konsequenzen!"

„Ich habe angeboten, ihrem Herrn Bonlein die Zahlen zu erläutern. Er hat das abgelehnt. Es entspräche nicht den Vorgehensnormen, dem Instanzenweg. Er wollte es erst von seinen Leuten kommentieren lassen, dann selbst anschauen und dann auf mich zukommen."

„Wir müssen das im Vorstand sofort besprechen. Ich rufe eine Sitzung ein. Sie haben sich zu rechtfertigen."

„Die Situation ist doch schon seit langem bekannt. Wir legen doch jeden Monat unsere Ergebnisse vor. Die Sache hat doch schon einen Bart so lang, bis in den Keller."

„Werden sie jetzt nicht noch frech. Das steht ihnen überhaupt nicht zu. Ich werde mich über sie beim Herrn Doktor Bergler beschweren. Sie werden schon sehen!"
Nurler legt auf!
Er ruft die Scheller an:

„Der Herr Nurler regt sich über unsere Ergebnisse auf und will sich beim Herrn Doktor beschweren. Er tut so, als wäre das neu, als hätte er das jetzt erst festgestellt. Wie kann dieser Kerl so unwissend sein. Ich wollte sie nur vorbereiten, was da auf sie zukommt, von der Finanz."

„Pistorius, ich habe ihnen schon oft geraten, beurteilen sie den Vorstand nicht laut. Die Wände haben Ohren! Wissen sie, dass Nurler und Donners enge Freunde sind? Jetzt wissen sie, woher der Wind weht. Danke, ich werde den Doktor warnen.

Während dieses Gesprächs gibt ihm die Enk mit Kopf und Armen Zeichen, aufzulegen:

„Die Polizei, die Polizei für sie, auf der anderen Leitung:

„Sind sie Herr Pistorius, Peter?"

„Ja"

„Waren sie heute Morgen in der Autobahnraststätte Kurfürstlicher Wald?"

„Ja."

„Haben sie die dort anwesende Maltesermannschaft in den Wald geführt, zu einer Stelle, an der sie angeblich einen Mann vom Selbstmord gerettet haben?"

„Ja, aber nicht angeblich."

Bei jedem Satz, den der Polizist in kaltem Ton durchs Telefon stößt, ist ihm, als bohre sich etwas immer tiefer in seine Brust.

„Wir bitten sie, mit uns sofort zu sprechen. Wir stehen bei ihnen an der Pforte. Wo können wir sie treffen?"

„Gehen sie in das Besucherzimmer neben dem Eingang; ich komme."

Frau Enk schaut ihn voller Besorgnis an. Er winkt ab:

„Später! Nichts Besonderes! Ich gehe mal zu denen ins Besucherzimmer."

Auf seinem Weg ist er versucht, einfach abzuhauen. Er könnte durch einen Hinterausgang zu seinem Auto laufen, schnellstens heimfahren, besser noch direkt nach Frankfurt, ein Hotel nehmen, Susanne kommen lassen, schnellstens abfliegen; zusammen, dieses Mal, weil er sie so vernachlässigt hat, heute und die Tage. Ihm ist zumute, als hätte er sie schon lange nicht mehr gesehen. Dann wäre er, mit einem Schlag, alles und alle los: Die Polizei, den Nurler, Donners, Klausmann, diese verlogene Frau, die Verkäufer, den schweinischen Bonlein, die Betriebswirtschaftler. Er kann nicht aufhören, in einem Gedankenstrom immer neue Namen aufzuzählen und zu wiederholen, in einer Endlosschleife. Aber er weiß, dass er nicht entrinnen kann. Vielleicht nimmt ihn Bergler aus der Schusslinie und schickt ihn Morgen zurück!

Im Besucherzimmer sitzen zwei Männer ohne Uniform. Sie stellen sich ihm als Kriminalkommissar und Oberkommissar vor. Ihre Namen hat er sofort wieder vergessen. Ein jüngerer und ein älterer Mann. Er beurteilt sie leichtfertig: Graue Schreibtischtäter, altgediente Beamte, frustriert in der Routine.

„Bitte, berichten sie uns den genauen Ablauf ihres Tuns, vom Eintreffen in der Raststätte bis zu ihrer Abfahrt."

„Wollen sie mir nicht zunächst sagen, warum sie fragen?"

„Natürlich, aber später. Erzählen sie zunächst. Wir erklären ihnen dann alles."

Entgegen ihrem Aussehen zeigen sie Entschiedenheit. Die wissen genau, was sie wollen.

Er berichtet ausführlich und empfindet eine gewisse Erleichterung, diesen Alptraum erzählen zu können, ähnlich seiner Erzählung in der Firma, nur dieses Mal wahrheitsgetreu, seiner Meinung nach. Die Männer hören aufmerksam und regungslos zu und machen ab und zu Notizen. Als er endet, fragt ihn der Oberkommissar:

„Wie erklären sie sich das Verschwinden des Mannes?"

„Er ist aus seiner Bewusstlosigkeit aufgewacht, hat sich geschämt, alle Spuren beseitigt und ist davongefahren."

„Wir haben einen Toten in unmittelbarer Nähe ihres angegebenen Fundorts gefunden. Was sagen sie dazu?"

Lange kann er nichts sagen. Die Beiden starren ihn, mit großen Augen und unverhohlener Neugier, an. Er fühlt Hitze und Panik in sich aufsteigen.

„Und das Auto?"

„Welches Auto?"

„Das ich bei ihm gesehen habe."

„Sie haben den Toten gesehen?"

„Nein, ich meine den Selbstmörder, mit dem Auto."

„Sie sagten doch gerade, er sei wahrscheinlich weggefahren."

Das Telefon im Zimmer läutet. Er springt auf, wie auf der Flucht, und greift zum Hörer:

„Scheller hier, ich soll ihnen vom Herrn Doktor sagen, dass sie noch ein, zwei Tage hierbleiben sollten. Herr Nurler hat Probleme mit ihnen angemeldet. Die Frau Zoltl hat sie angezeigt und Herr Klausmann besteht auf Fortsetzung ihres Gesprächs."

„Ach, verehrte Frau Scheller, was kommt denn noch alles auf mich zu!"

Während er den Hörer auflegt, holt ihn die scharfe Stimme des Kriminalers zurück:

„Woher wissen sie, dass Selbstmörder und der Tote identisch sind?"

„Das ist doch auch ihr Gedanke. Sonst hätten sie mich doch nicht befragt. Was habe ich sonst mit einem Toten im Wald zu tun!"

„Wir bitten sie, mit uns zu kommen, um festzustellen ob der Tote ihr Selbstmörder ist."

Das fehlte ihm noch zu allen Querelen, mit denen er heute zu kämpfen hat. Aber er hat keine Wahl. Er muss mitspielen, sonst macht er sich verdächtig.

„Er ist nicht mein Selbstmörder! Ich kann unmöglich jetzt weg. Haben sie kein Foto von ihrem Toten?"

„Nein!"

Das gibt es doch nicht, denkt er. Die wollen seine Reaktion sehen, bei der Leichenschau.

„Ich könnte morgen Früh zu ihnen kommen."

Die beiden Kriminaler beraten sich untereinander und stimmen zu, dass sie sich Morgen um acht Uhr in der Anatomie der Klinik treffen. Sie gehen, ohne ihn weiter zu beachten.

Ihm ist übel. Er verschränkt seine Arme auf dem Tisch und legt seinen Kopf darauf. Er atmet tief und langsam. Seine Ohren rauschen und Kälte durchrieselt ihn. Er hat heute kaum gegessen; er hat kaum getrunken; er hat kaum geschlafen! Er darf nicht ohnmächtig werden! Kalten Schweiß fühlt er auf der Stirn. Er kennt diesen Zustand. Er muss seine Augen offenhalten! Diese Kraftlosigkeit, die ihn den ganzen Tag schon begleitet hat!

„Ach, sie sind noch da!"

Er blickt hoch. Der Pförtner, der ihn kennt, steht vor ihm.

„Herr Pistorius, was ist ihnen? Was haben die mit ihnen gemacht? Sie sehen nicht gut aus. Soll ich den Betriebsarzt rufen?"

„Nein, danke, nein. Ein bisschen Pause noch, dann geht´s wieder. Bringen sie mir bitte ein Wasser."

Der Mann eilt. Er trinkt das Wasser in langen Zügen. Kalt fällt es in seinen Magen, aber es hilft ihm. Er setzt sich aufrecht. Die Übelkeit weicht langsam von ihm, indem er sie gleichsam aus sich herausatmet, in heftigen Stößen.

„Sie können mich unbesorgt allein lassen. Es geht gleich wieder. Ich bleibe nur noch etwas hier sitzen."

Das Telefon im Zimmer! Er ist allein! Jetzt kann er endlich Susanne ungestört sprechen. Lange lässt er es läuten, aber sie nimmt nicht ab. Wo könnte sie um diese Uhrzeit sein? Er wartet und versucht es noch einmal. Vergebens! Was soll er hier noch im Haus? Es leert sich um diese Zeit: Zuerst in den unteren Etagen. Vereinzelt verlassen die Ersten die Firma. Er sieht sie an den großen Glasfenstern vorbeigehen, eilig, gebeugt. Es werden mehr und mehr: Ein Strom müder Menschen, die ihre Kraft hiergelassen haben. In den mittleren Etagen sind Überstunden üblich: kaum einer traut sich, als erster wegzugehen. Man belauert sich gegenseitig. In der Führungsetage brennt meist noch um Zweiundzwanzig Uhr Licht. Solange könnte er bleiben. Er hat keine Lust und keine Kraft dazu. Er wird zu Frau Enk gehen und dann heim.

Er findet sie im Büro. Sie, hat schon ihren leichten Herbstmantel übergezogen. Aber offensichtlich wartet sie auf ihn, denn sie lächelt sogar, als er vor ihr steht. Damit ihr Lächeln länger anhält, erzählt er ihr, bevor sie fragen kann, die Begegnung mit den Polizisten, aber ohne das Verschwinden des Selbstmörders zu erwähnen Sie ist unruhig:

„Erzählen sie mir Morgen mehr, wenn sie aus der Anatomie kommen. Das ist ja hochspannend, aber ich muss jetzt gehen. Ich habe ihnen eine Liste der dringendsten Anrufe auf den Tisch gelegt."

Nachdem sie den Raum verlassen hat, ruft er nochmals Susanne an. Sie nimmt nicht ab! Das beunruhigt ihn. Er meint, ohne ihre Stimme zu hören, könnte er hier nicht

weitermachen. Er braucht diesen weichen, lieblichen
Klang. Seine Verlassenheit ist grenzenlos. Er braucht den
Kontakt zu ihrer Welt. Er braucht diesen Halt jetzt, sofort. Noch einmal, vergebens! Zu dieser frühen Abend-
zeit ist sie meist zuhause. Seine Unruhe wächst, seine
Verlassenheit auch. Er muss etwas tun. Er ruft den Finanzmann an. Er steht nicht auf seiner Telefonliste. Er
will ihn überfallen:

„Sie haben meine Ergebnisrechnung mit einem unsin-
nigen Kommentar an den Vorstand weitergegeben. Ich
habe mich angeboten, ihnen Erklärungen zu geben, die
sie abgelehnt haben. Ihr Instanzenweg war ihnen wichtiger, den sie jetzt selbst verlassen haben, um sich beim
Vorstand wichtig zu machen. In der anstehenden Besprechung werde ich sie nach Strich und Faden zerlegen."
Er legt sofort auf. Er will keine Diskussion. Jetzt ist Zeit
zum Angriff, zum Hauen und Stechen! Den ganzen Tag
hat er auf sich herumtrampeln lassen. Seine scheinbare
Wehrlosigkeit hat sie alle übermütig gemacht. Jetzt
schlägt er zurück. Morgen hat er seinen Harnisch an.
Morgen hat er ausgeschlafen. Morgen wehrt er sich er-
barmungslos. Wieder blitzt in seinem Kopf der Gedanke
auf:

„Liebet euere Feinde".
Das lässt sich am Sonntag, in der Kirche, leicht sagen,
aber hier im Haus, im Kampfgetümmel? Er fühlt sich

nicht frei in seinem Vorsatz. Sein Gewissen oder was da immer in ihm rumoren möge, stellt sich quer:

„Wenn dir einer auf die rechte Wange schlägt, halte ihm auch die linke hin. Wenn einer deinen Mantel will, gib ihm auch deine Jacke."

Um Himmels Willen, was soll er nicht noch alles machen! Die würden ihn doch nackt ausziehen und sich obendrein noch lustig machen. Wirklich? Er ahnt, er kann nicht zum Gegenschlag ausholen. Er kann sie nicht mit ihren Waffen schlagen. Er muss eine andere Strategie entwickeln.

Er denkt an die Leiche, die er Morgen anschauen muss. Er kann nur hoffen, dass es nicht sein Mann ist. Sonst könnte es kompliziert werden, langwierig. Und wenn es ein anderer ist? Diesen Gedanken will er jetzt nicht weiterspinnen. Kommt Zeit, kommt Rat! In solche Sprüche nistet er sich gern ein. Jeder Tag hat seine eigene Plage. Jetzt ist er hier, jetzt kann er, jetzt will er noch etwas tun. Er geht zu Frau Scheller.

Offensichtlich weiß sie nichts von der Sache mit der Polizei. Seine Sekretärin hat also nicht, noch nicht, geplaudert.

„Herr Pistorius, sie sehen nicht gut aus. Sind sie krank? Soll ich ihnen einen Kaffee machen? Setzen sie sich da in den weichen Sessel."

„Ich bin in Ordnung. Ich habe nur kaum gegessen heute. Aber ich habe auch keinen Appetit. Gibt es etwas Neues?"

„Morgen ist eine Besprechung mit dem Doktor und Nurler. Da sollten sie sich bereithalten, um zehn Uhr, vielleicht werden sie dazu gezogen. Außerdem versuchen wir, Frau Zoltl umzustimmen. Wir gehen davon aus, dass ihr Bericht den Tatsachen entspricht. Wir denken, sie wurde massiv beeinflusst: Versetzung, Entlassung, Geld, da gibt es viele Möglichkeiten. Und Herrn Klausmann sollten sie voll zufriedenstellen; wir brauchen ihn; sie wissen schon…! Der Doktor hält große Stücke auf sie, auch wenn ihre Präsentation heute in die Hose gegangen ist, wie er sagte. Aber das war nicht nur ihre Schuld allein. Hat er gesagt."

Die Frau mag ihn. Das ist so wichtig hier im Haus. Es gefällt ihm, dass sie „wir" sagt, als hätte sie ihre Hände mit im Spiel. Sekretärinnen können einem das Leben schwermachen, aber auch erleichtern, je nach ihrer Gunst. Er sitzt im Sessel, in ihrer Nähe, schlürft ihren Kaffee und fühlt sich geborgen. Das verdankt er, so glaubt er, seiner Fähigkeit, den Moment, den Augenblick, das Hier und Jetzt, zu leben, Gedanken an Vergangenes und Künftiges auszublenden, nicht zu verdrängen; sie sind einfach nicht da.

„Ach, noch eins: Sie möchten sich für Morgen ihren Organisationsplan und ihre Personalzahlen anschauen, für den Fall, dass eine Personalreduzierung zur Sprache käme."

„Natürlich, das ist ja immer das erste und manchmal das einzige, das unseren genialen Betriebswirtschaftlern einfällt, wenn es um Verbesserung der Gewinne geht."

„Sie sollen einen Plan haben wie ein Großunternehmen."

„Der zeigt ja nur die Funktionen, die Aufgaben, nicht die Köpfe. Mehrere Aufgaben sind meist von einer einzigen Person belegt. Verstehen sie?"

„Ich muss das nicht verstehen. Die Hauptsache, sie haben das im Griff. Lassen sie sich nichts gefallen. Es gibt Leute, die wollen sie weghabe, weil sie ihnen im Weg sind oder, weil sie ihren Posten haben wollen. Aber das wissen sie selbst am besten."

„Die Hälfte meiner Arbeitszeit verbringe ich damit, mich zu wehren, gegen haltlose Vorwürfe, Unterstellungen, blanke Lügen, überzogene Kritiken:

Wer jetzo Zeiten leben will, muss ham ein tapfres Herze. Es sind der argen Feind so viel, bereiten ihm groß Schmerze!"

„Das müssen sie jetzt aber auch singen."

„Ich gehe jetzt lieber nochmal, zur Vorbereitung für Morgen, ins Werk."

Im Werk kommt er immer auf den Boden zurück, mit beiden Beinen. Hier ist die Basis, hier ist der Ursprung, hier schlägt der Puls des Betriebskörpers. Hier riechts; hier lärmts; hier bewegt sich alles in rationalen Rhythmen. Sobald er durch eines der Tore, durch die transparente Kunststoffabdeckung, durch den schmalen Eingangsschlund geht, taucht er in seine Lieblingswelt ein. Er wird empfangen vom Stöhnen und Kreischen, vom Ächzen und Schlagen, dem Aufschreien in Ekstase und dem Geruch nach Schweiß, Fett und Sekreten. In seinem Werk brechen manche Arbeiter an den Maschinen plötzlich in lautes Singen aus.

Er steht in der Hallenmitte und schaut und riecht und hört, wie er manchmal am Meer steht und nur da ist und das Leben spürt.

Er geht zur Schrottanlage. Inmitten des Getriebes ruht sie still vor sich hin. Die Spätschicht ist angetreten. Im Glaskasten sitzt sein Mann, der Meister Kemper, noch immer.

„Überstunden heute?"

„Der Vorstand hat einen Riesenwirbel gemacht. Die Anlage müsse sofort laufen, als könnten wir zaubern. Der Ausfall dürfe nicht in der Vorstandsliste erscheinen. Ein Ingenieur der Fremdfirma hat zu ihm gesagt, er solle mal versuchen, sie gesund zu beten."

„Was fehlt ihr?"

„Vielleicht ist sie am Ende. Wir sterben alle einmal."

Dann „lustwandelt" er durch die Halle, das sagt er sich, denn hier wird er bodenständig, hier fühlt er sich zuhause.

Ab und zu bleibt er an einem Arbeitsplatz stehen, beobachtet da einen Akkordarbeiter, wie er in die Box an seiner rechten Seite greift, ein Werkstück entnimmt, auf den Maschinenkopf legt, beide Hände, die an Riemen geschnürt sind, nach hinten reißt, dadurch die Stanze in Bewegung bringt, die mit einem Luftausstoß und Stöhnen nach unten knallt und wieder nach oben saust. Und dort verfolgt er die getakteten Bewegungen eines anderen Akkordarbeiters, wie er in die Box greift, eine Chromstange entnimmt, mit dem Fuß ein Pedal drückt, dadurch die Stange in den Montagetisch klammert, aus der linken Box einen Kolben holt, auf die Stange legt, mit beiden Händen den Maschinenkopf auslöst, der auf die Stange saust, den Kolben nietet, in die Höhe schnellt, wieder das Fußschalter betätigt, die Stange freigibt und auf ein Rollenband ablegt. Diese Bewegungen laufen so schnell ab, dass er Mühe hat, die Hände des Mannes zu verfolgen. Und das macht der Mann den ganzen Tag, denkt er voll Mitgefühl. Er weiß aber auch, dass viele dieser Arbeiter nicht so stumpfsinnig sind, wie ihre Arbeit erscheint. Sie geben ihre Kraft her, aber nicht ihren Geist, anders als er, sagt er zu sich.

Franz Mühlfelder ist offenbar schon heimgegangen. Er hätte von ihm hören wollen, ob es einen Nachhall zu ihrer Besprechung gab. Aber er hat jetzt genug Munition gegen Donners für Morgen, falls er sich ihm in die Schuss-

linie stellen sollte. Aber meist werden hier Graben-
kämpfe geführt; der Gegner zeigt sich nicht offen. Das
sieht er bei Frau Zoltl. Was hat diese liebenswürdige,
hilfsbereite Frau bewogen, bei einem so schmutzigen
Spiel mitzuspielen? Ein Teilhaber ihrer Besprechung
läuft ihm über den Weg und wünscht ihm überaus freundliche und achtungsvoll einen schönen Abend: Auch ein
Feind von Donners? Aber, bevor er ihn ansprechen kann,
verschwindet dieser schnell durch eine Seitentür. Da
kommt ihm Franz entgegen, marschbereit angezogen.

„Was treiben sie hier noch, Peter? Keine Lust heimzu-
gehen?"

„Naja! Wie wars heute? Hat sich alles beruhigt?"

„Ich denke, dass ich bei Donners auf der Abschussliste
stehe. Er hat mich angerufen und wollte mich zur Schne-
cke machen; ich sei ihm in den Rücken gefallen, wir seien
geschiedene Leute. Sie wissen, wie empfindlich und
nachtragend der ist, wenn es um seine eigene Person
geht."

„Franz, da machen sie sich mal keine Sorgen. Da kommen sie einfach zu uns. Wir suchen einen Mann, wie sie,
der unser neues Projekt in die Hand nimmt. Da können
sie selbstständig arbeiten und hätten keinen Herrn Donners vor ihrer Nase."

„Was habt ihr vor?"

„Sie sind der Erste, der mich das fragt. Das fällt mir
jetzt erst auf. Selbst der Vorstand, dem ich das vorstellen

wollte, hat das nicht wissen wollen. Er hat alles mal wieder auf die lange Bank geschoben. Das kennen sie ja auch bis zum Kotzen. Wir sollen den Marsch in die Instanzen antreten. Ich habe mir überlegt: Wir stellen brav, pro forma, den Antrag, machen aber intern das Projekt allein. Wir können das finanzieren, ohne die Mutter hier."

„Peter! Ohne Genehmigung des Vorstands! Sie riesgieren Kopf und Kragen."

„Was solls, Franz! Unternehme ich nichts und wir gehen pleite, verliere ich den Kopf auch. Warte ich eine Genehmigung ab, die in den Sternen steht, weil unsere Rechenknechte nicht zu Stuhle kommen werden - da sorgt schon allein Donners dafür - gehen wir vorher auch pleite. Wie immer wir es drehen und wenden, meine einzige Chance sehe ich darin, dieses Projekt schnell durchzuziehen."

„Und dabei soll ich mitspielen?"

„Sie sind der Ingenieur und verantworten nur die Technik. Alles andere ist meine Sache, deshalb erzähle ich ihnen das streng vertraulich, aber ohne Einzelheiten, im Moment. Sie wären nur mir weisungsgebunden."

„Wenn sie mir sagen, das ist eine gute, zukunftsträchtige Sache, glaube ich ihnen, und das würde mir, fürs erste, reichen. Wann wollen sie starten?"

„Sofort! Wir sind schon weit fortgeschritten, auch ohne Genehmigungen. Die Testphase ist positiv abgeschlossen. Ich sage ihnen, das wird eine großartige Sache. Wir ziehen alles selbst durch ohne das Haus hier. Sie bekommen eine Firmenwohnung am Meer. Sie werden ihr eigener Herr sein, im Rang eines Direktors. Sie bekommen eine Sekretärin, die ihnen dolmetschen wird, bis sie selbst so weit sein werden. Finanziell werden sie sich besserstellen als hier. Überlegen sie es sich. Sagen sie mir bald Bescheid. Ich rechne mit ihnen."

All das, was er ihm soeben gesagt hat, hat er sich während ihres Gesprächs ausgedacht, ist ihm regelrecht zugeflogen: Sein Projekt ohne den Vorstand zu verwirklichen, das gleicht einer Palastrevolution! Das gefällt ihm! Rechtlich wäre das durchführbar. Offiziell gehören der Mutter nur neunundvierzig Prozent Anteile an seiner Firma. So will es das Gesetzt dort, deshalb hält zwei Prozent ein einheimischer Strohmann Sollte er nicht nach ihrer Pfeife tanzen, wäre er schnell ruiniert. Andererseits müssten die hier einen Prozess scheuen, weil ihre Sache sonst auffliegen würde. Außerdem, falls der Vorstand ihn rausschmeißen wollte, würden sich die einheimischen Aktionäre wehren, weil sie ihn intensiv mögen und brauchen.

Immer hatte er das unbestimmte Gefühl, die Sache geheim halten zu müssen. Das könnte sich jetzt auszahlen. Nur einen vertrauten Mitarbeiter hat er eingeschaltet. Alles wurde mit Fremdfirmen erledigt; nur diese drei, er, Enrico und jetzt der Franz, wissen davon. Sollte im Haus etwas durchsickern, könnte das nur von ihm kommen; aber das traut er ihm nicht zu. Ihm fällt eine Last vom Gemüt. Diese Idee ist Gold wert! Er wird nicht mehr abhängig sein vom quälenden Vorstandsgeplänkel und den Rechenknechten. Er wird ihnen einen Antrag stellen, so kompliziert, dass sie sich die Zähne daran ausbeißen werden. Während dessen wird er still und heimlich sein Projekt durchziehen. Sollte, wider Erwarten, in der Zwischenzeit, eine Genehmigung erteilt werden, um so besser, falls nicht, wird der Erfolg ihm Recht geben, hofft er.

„Hilf dir selbst, dann hilft dir Gott"!

Er wird tun, was er kann. Alles andere multipliziert Gott mal göttlich, das glaubt er, nein, das weiß er aus eigenen Erlebnissen. Oft, wenn er neue Wege einschlug, eröffneten sich ihm ungeahnte Aussichten:

„Wer nur den lieben Gott, lässt walten,
und hoffet auf ihn alle Zeit,
den wird er wunderbar erhalten,
in aller Not und Traurigkeit.
Wer Gott, dem Allerhöchsten traut,
der hat auf keinen Sand gebaut."

Auch ein alter Schlachtgesang von ihm! Nicht, dass er glaubte, er könnte sich jetzt zurücklehnen und der Himmel richte schon alles. Da wird's eine Menge Arbeit für ihn geben, aber in der Zuversicht, dass es gut werden wird.

Er geht ins Büro von Franz, das jetzt leer steht und wählt die Nummer seiner Firma und lässt sich mit Enrico verbinden:

„Guten Abend, Enrico, wie gehts?"

„Ah, Herr Pistorius! Hier alles ok. Wir haben die Lieferung für ALO heute fristgerecht geschafft. Es gab natürlich Anlageprobleme, die wir erledigen konnten. Nichts Großes!"

„Es gibt die Genehmigung, dass wir weitermachen können."

„Ich wusste es. Sie schaffen das, wie immer. Das ist großartig."

„Wir sollen nur noch einen offiziellen Antrag einreichen, pro forma, damit das Kind einen Namen bekommt. Damit können wir uns Zeit lassen. Wir müssen ihn sehr detailliert ausgestalten, mit allen nur erdenklichen Rechnungen. Er soll würdig unser Vorhaben repräsentieren. Wir arbeiten, wie bisher, rasch, still und heimlich weiter. Kein Wort, wie bisher, Enrico! Es wäre fatal, wenn unsere Kunden, die Wettbewerber und hier unsere Gegner vorzeitig Wind von unserer Sache bekämen."

„Ich verstehe vollkommen. Sie können sich auf mich verlassen, Signore, das wissen sie."

„Ja, wahrscheinlich habe ich auch einen Projektleiter gefunden, der sie entlasten wird. Sie kennen ihn. Bis er sich endgültig entschieden hat, will ich noch nichts sagen."

„Perfekt, dann könnte ich mich wieder mehr um meine Sachen kümmern. Trotzdem, unser Projekt ist mir ans Herz gewachsen. Es ist revolutionär. Es wird einschlagen."

„Sie müssen dabeibleiben, Enrico. Ohne sie wird nichts laufen."

Wie gut das tut, mit ihm zu reden! Er ist ihm treu ergeben, ein zuverlässiger Arbeiter, der mitdenkt. Es tut so gut, solche Stützen zu haben; sie sind so selten. Anfangs bemühte sich Enrico um eine Beziehung zu ihm, auch außerhalb der Firma. Manchmal, nach gemeinsamer Arbeit, fragte er ob er diese oder jene Cafeteria kenne; sie sei eine der attraktivsten oder angesagtesten oder typischsten in der Stadt; ob er Lust habe, noch einen Schluck zu nehmen. Oder er lud ihn in sein Haus ein. Das alles war ihm lästig. Er wollte keine persönlichen Beziehungen, nicht nur mit Enrico, sondern mit niemandem. Nachdem er jedes Mal fadenscheinigere Ausreden vorbrachte, kapierte Enrico und gab es auf, was ihrer hervorragenden Zusammenarbeit aber keinen Abbruch tat.

Das passiert ihm immer wieder, wenn sich, in eine seiner Beziehungen, Vertraulichkeit einschleicht, muss er sich zurückziehen. Er befürchtet, seine Rüstung zu vergessen, und dann hereingelegt zu werden, schutzlos missbraucht. Ob das mit den Erlebnissen des kleinen Peters zusammenhängt, fragt er sich manches Mal? Susanne ist der einzige Mensch, dem er sich ganz ergeben kann, ganz öffnen, ganz sein kann.

Langsam geht er an den Montagestraßen entlang, die zu beiden Seiten seines Wegs aufgereiht stehen: Eine Demonstration des technischen Fortschritts oder, wie er es auch nennt, ein Beispiel zunehmender Arbeitslosigkeit. Am Anfang, alte Konstruktionen, noch grün und gelb angepinselt, lärmend, vibrierend, an denen zwanzig und mehr Männer und Frauen hantieren, mit ölverschmierten Händen Einzelteile montieren, im vorgegebenen Rhythmus und auszirkulierten Bewegungen und verkniffenen Gesichtern. Und je weiter er von Montageband zu Montageband geht, werden die Maschinen eleganter, wie Laborgeräte, weiß gespritzt und fast geräuschlos in ihrem hydraulisch gesteuerten Heben, Senken und Rollen, und immer weniger Arbeiter sieht er an ihnen sitzen. Ihre Plätze wurden wegrationalisiert, durch Roboterarme ersetzt; die sind schneller, genauer, billiger und anspruchsloser. Am Ende der Straße, an der letzten und modernsten Anlage, ist kein Arbeiter zu sehen. An ihr steht eine Delegation, in feinen, dunklen Anzügen, um einen Sprecher geschart, der offensichtlich die Maschinerie erklärt. Neben ihm erkennt er Donners, schwarz gekleidet: Hatte er heute Vormittag nicht einen hellblauen Anzug an? Wie macht er das, wo zieht er sich um? Modeschau, das passt zu ihm! Er folgt nicht den Erklärungen und Fingerzeigen des Sprechers, sondern blickt desinteressiert zur Seite und dann in seine Richtung. Zu spät, ihm aus dem Weg zu gehen! Donners löst sich aus der Gruppe und kommt ihm entgegen, als wollte er ihn umrennen.

„Warum haben sie uns das verheimlicht? Warum haben sie mir nicht gesagt, dass sie pleite sind? Ich hätte ihnen niemals meine Anlage angeboten, damit die zum Schluss noch in die Konkursmasse gerät."

„Wir sind nicht pleite."

„Jetzt machen sie mal einen Punkt. Nurler hat das soeben festgestellt und den Vorstand informiert. Wollen sie das auch abstreiten? Morgen ist eine Dringlichkeits-sitzung. Sie sind reif zum Abschuss. Ich hätte sie retten können, aber sie wollen ja nicht."

„Herr Vorstand Donners, sie sind, ohne jeden Zweifel, ein hervorragender Ingenieur, aber für die Betriebswirt-schaft scheinen sie wenig Zeit zu haben, sonst wüssten sie, dass unsere Ergebnissituation, auch im Vorstand, im-mer wieder, behandelt, aber Nichts wirklich Entscheiden-des unternommen wurde. Meine kranke Firma wurde nur von einem Bett ins andere gelegt. Unsere Vorschläge, für eine Gesundung, wurden tot diskutiert, wie heute meine Präsentation, das heißt, der Versuch einer Vorstellung unserer Verbesserungsvorschläge."

„So kann man das auch nennen, was sie sich da heute geleistet haben."

„Ich hatte kaum Zeit, mir etwas zu leisten. Sie hatten es alle so eilig."

„Sie haben herumgehampelt, uns unsere Zeit gestohlen. Als hätten wir nichts Wichtige zu tun."

„Dann darf ich ihnen nicht noch mehr Zeit stehlen. Ich danke ihnen für das Gespräch."

Er lässt den Mann stehen und geht schnell aus der Halle. Der hat ein schönes Gesicht, denkt er überrascht: Die schmale Nase und der gerade Haaransatz, nur etwas verlebt oder krank? Ist das das Geheimnis, Vorstand zu werden? Er denkt, von dem habe er, sowieso, nichts mehr Gutes zu erwarten. Da kann er um sich schlagen. Sie brauchen ihn. Seinen Kopf kostet es noch lange nicht. Sicher hängt der sich jetzt ans Telefon und beschwert sich beim Doktor. Der wird sich insgeheim freuen, dass er angreift. Offiziell wird er ihm eine Rüge erteilen müssen. Wieder geht's ihm durch den Kopf:

„Liebet euere Feinde! Tuet Gutes denen, die euch hassen."

Wie könnte er diesen Menschen lieben, der nur danach sinnt, ihm zu schaden?

Seinen Mitarbeitern begegnet er, indem er sie ernst nimmt. Gleichgültig, wie sie daherkommen, welche Eigenarten sie an den Tag legen. Er toleriert sie und will sich nicht nach ihrem Äußern beurteilen. Er nimmt sie als ebenbürtig wahr. Standesdünkel, Überlegenheitsgefühle lässt er nicht zu. Jeder ist wichtig und wertvoll, egal welche Aufgabe er hat. Nicht die Aufgabe würdigt den Menschen, sondern der Mensch die Aufgabe. Das zeigt er ihnen, Das macht er ihnen deutlich. Er stellt sich zum Akkordarbeiter an die Maschine und befragt ihn, direkt, ohne das übliche Dabeistehen des Meisters. Er geht durch die Büros, von Schreibtisch zu Schreibtisch, freundlichst. Er ist für jeden ansprechbar. Das kostet ihm zwar eine Menge Zeit, zahlt sich aber aus. Sie mögen ihn! Sie haben freiwillig bis morgens um vier Uhr gearbeitet, als sie Lieferengpässe hatten.

Beim schönen Donners müsste er einen ähnlichen Weg finden, wenn er mit ihm zurechtkommen wollte. Er müsste sich zuerst nicht mehrt an seiner schwabbeligen Art und Erscheinung stoßen. Er müsste das Gefühl überwinden, das ihn jedes Mal bei seinem Auftreten beschleicht, dass er auseinanderfallen würde, sobald er seinen Anzug auszöge. Er müsste hinter seine Fassade und seinem Gehabe kommen. Er müsste ihn tolerieren. Nach ihrem Gespräch von soeben, erscheint ihm dieser Vorsatz ziemlich abenteuerlich.

Er hat ihn einfach stehen lassen. Das war, wollte er ihn ernst nehmen, nicht gut. Er hat emotional reagiert, unsachlich. Wollte er nicht ein wirtschaftlich handelndes Wesen sein! Wie kommt er nur weiter, mit diesem Kerl? Welche Rolle spielt er oder glaubt, spielen zu müssen? Ein schlechter Schauspieler! Das ist alles fadenscheinige

Kostümierung, billige Fassade, was der da bietet. Das wäre doch ein Weg, den er einschlagen sollte, nämlich hinter diese Fassade zu kommen. Vielleicht entdeckte er Unerwartetes! Er wird Morgen versuchen, ihn zu sprechen, unter dem Vorwand, er möge ihm erläutern, warum er glaubte, er wolle sich nicht von ihm retten lassen. Morgen! Da muss er erst die Leiche anschauen. Da sieht er den Selbstmörder oder einen anderen Toten und wird diese Bilder nie mehr los werden, dann werden beide, wie jetzt der eine, ihm ständig vor Augen gaukeln oder ihn unvermutet kalt überfallen, wie jetzt. Er muss mal weg! Er muss sich von diesem Milieu und diesem hartnäckigen Gedankenstrom im Kopf entfernen. Er muss sich wenigstens eine Pause gönnen.

Er geht zu seinem Auto, setzt sich hinein, schließt die Tür und die Augen für einen Moment. Dieses alte Fahrzeug ist ihm wie ein Teil seiner Wohnung mit Susanne. Dann fährt er aus dem Werk. Der Pförtner salutiert und zeigt seine Zähne. Er biegt von der Zufahrtsstraße ab und steuert über einen Flurbereinigungsweg, der geradeaus in den hellen Horizont führt, bis zu einem Weiher, den er von seinen gelegentlichen Fluchten aus dem Firmengetriebe her kennt. Dort stellt er den Wagen auf einer Grasnarbe ab und läuft über die leicht abschüssige Wiese zum Wasser. Nach dem Eisendröhnen der Produktionshalle,

den scharfen Gerüchen ihrer Chemikalien und Schmier-
mittel, empfangen ihn die Ruhe einer Wiesenau und die
Aromen ihrer Pflanzen besonders warmherzig. Er stellt
sich ans Ufer, das hier abgerundet, mit niedrigen Gräsern
bedeckt, aber ohne Schilf, frei und gepflegt ist. An seiner
Seite hängt eine gewaltige Trauerweide ihre Zweige in
den klaren Spiegel. Nur am gegenüberliegenden Ufer
sieht er, im schwarzen Wasser, Algen und Moose
schwimmen. Dort stehen Haselsträucher in einer dichten,
undurchdringlichen Reihe, die mit ihrem Schatten den
Wasserspiegel verdunkeln. Die Abendsonne, die über
dem Saum der Sträucher steht, hat noch Kraft ihn zu wärmen. Er setzt sich ins Gras, das hier kurz und weich ist;
er streckt seine Beine aus. Dort, wo die Weidenäste im
Wasser hängen, sieht er kleine Wasserwirbel. Es gibt eine
leichte Strömung, deshalb ist das Wasser so erstaunlich
klar, denkt er. Ab und zu schnalzt ein Fisch nach einer
Fliege, die jetzt, um diese Tageszeit, tief über dem Wasser schwirren. Dann bilden sich Ringe, die in den Sonnenstrahlen glitzern und in weiten Kreisen vergehen. Es
ist still. Hin und wieder durchdringt ein Vogel mit ein
paar müden Tönen die Ruhe. Er beobachtet eine Hum-
mel, die neben ihm, im Blütenkelch einer Herbstzeitlose
wühlt oder gefangen ist, in dem blauen Trichter, und mit
schnarrendem Flügelschwirren sich zu befreien sucht.
Die Ruhe dringt bis in sein Inneres. Er zieht seine Schuhe
und Socken aus, seine Jacke, seine Krawatte, sein Hemd,

nach und nach. Eine weiche Luft streichelt seinen nackten Oberkörper. Er legt sich zurück ins Gras, verschränkt seine Hände unterm Kopf und schaut in den hellblauen Himmel und in das Filigran der Weidenblätter. Sein schwerer Körper wird leicht und leichter, als begänne er zu schweben. Er ist jetzt ganz da. Er fühlt den weichen Lufthauch auf seiner Haut und im Gesicht. Er riecht das Aroma der Gräser und der Erde. Er hört ein Wispern und Rascheln um sich und ein Schmatzen im Wasser und ab und zu einen Vogelruf. So, wie er sich seiner Kleidung, seiner Kostümierung und dadurch seiner Theaterrolle entledigt hat, so, wie seine Körperschwere entweicht, so entweicht der Herr Pistorius und der Firmenleiter und der Angefeindete und der Beschuldigte und Verdächtige und der, der aus dem Weg geräumt werden soll und der wieder mal im Lande ist, und es bleibt der, der im Gras liegt und sich selbst spürt, sich als ein Teil der Natur fühlt, dazugehörig, klein, gering, aber verbunden mit ihr, in Harmonie, so wie der kleinere Teil zum größeren Teil sich verhält, wie dieser im gleichen Verhältnis zum Ganzen: Der goldene Schnitt von Natur und Mensch, in Harmonie, in der göttlichen Harmonie seines Schöpfers. So sollte das auch für seine Firma gelten: Zahlen, Menschen und Arbeit in der Harmonie des goldenen Schnitts. Der Kleinste zum Großen, wie der Große zum Ganzen! Dann könnte jeder seine Kostümierung ausziehen und seine Theaterrolle ablegen und in Freude arbeiten, der Arbeit zuliebe, der Gestaltung wegen, für eine Verbesserung ihrer Welt.

In ihm und um ihn fühlt er Leben pulsieren. Er fühlt das Strömen des Bluts in seinen Händen, seinen Armen, in seinem Körper, gleichsam das Absterben von Myriaden von Zellen und die Geburt und das Reifen von neuen Blutkörperchen in unvorstellbarem Ausmaß; manche von ihnen leben und arbeiten nur für Stunden, andere Wochen oder Monate: Erythrozyten, Thrombozyten, Leukozyten und dazu die Holzzellen und Graszellen und die Wasserzellen, ein gemeinsames Drehen und Kreisen und Entstehen und Vergehen, in ihm und um ihn, und Einer, der alles in Bewegung hält:

„Der Herr ist mein Hirte, nichts wird mir fehlen. Er lässt mich lagern auf grünen Auen und führt mich zum Ruheplatz am Wasser.
Er stillt mein Verlangen, er leitet mich auf rechten Pfaden, treu seinem Namen.
Muss ich auch wandern in finsterer Schlucht, ich fürchte kein Unheil; denn du bist bei mir, dein Stock und dein Stab geben mir Zuversicht.
Du deckst mir den Tisch vor den Augen meiner Feinde.
Du salbst mein Haupt mit Öl, du füllst mir reichlich den Becher.

Lauter Güte und Huld werden mir folgen mein Leben lang und im Hause des Herrn darf ich wohnen für lange Zeit."

Die Sonne sinke hinter die Haselsträucher, Schatten deckt sich über ihn. Die Wärme vergeht rasch. Feuchtigkeit breitet sich aus. Ob der Körper genau so schwammig ist, wie sein Hals? Den muss er hoffentlich nicht sehen. In Krimis hat er gesehen, wie diese Leichenschauen ablaufen. Das Tuch, das ihn abdeckt, wird nur am Gesicht zurückgeschlagen. Er wird erst flüchtig hinschauen, um sich an den Anblick zu gewöhnen. Er muss nur die Augen schließen, dann sieht er den Mann vor sich, aber da hat er noch gelebt. Er hat seinen Herzschlag gefühlt, am Hals, am schlabbrigen. Er zieht sich an und geht zurück zum Auto. Er wird jetzt nach Hause fahren, aber zuvor sich telefonisch bei Frau Scheller abmelden; deshalb fährt er zur Werkspforte zurück. Der Pförtner stellt sich ihm in den Weg und wedelt heftig mit den Armen. Er ahnt Schreckliches. Er hat sich abgesetzt. Er ist geflohen. Jetzt holen sie ihn wieder ein:

„Sie möchten dringend Frau Scheller im Vorzimmer von Herrn Doktor Bergler anrufen." Sie können ihn einfach nicht in Ruhe lassen! Er ist ihr Leibeigener. Mühsam steigt er aus dem Auto und geht in die Pförtnerloge:

„Hallo, Frau Scheller! Was gibt's?"

„Herr Pistorius, endlich! Der Doktor bittet sie, um einundzwanzig Uhr ins Gästehaus zu kommen. Das sei sehr wichtig für sie. Dort trifft sich die Führungsspitze mit Doktor Dühring, sie wissen schon, von der Zentrale, unser oberster Feldherr. Er will versuchen, ihr Anliegen bei ihm zur Sprache zu bringen. Halten sie sich bereit, eine Kurzfassung ihrer Präsentation vorzutragen. Ich soll ihnen auch sagen, sie sollten sich darauf einstellen, dass es spät werden könnte."

In ihm brechen die letzten Stützen zusammen: Der Halt, den er sich am Weiher geholt hat, dahin! Die Vorfreude auf das Heimkommen, dahin! Er ist doch müde. Er ist hungrig. Er ist ausgelaugt. Er ist deprimiert. Er ist frustriert. Die Heimfahrt wollte er noch durchstehen, und dann nur noch bei Susanne sein; seine Welt wieder zurechtrücken, in ihrer erdgebundenen Nähe. Daraus wird nun nichts! Außerdem erwarten ihn Morgen Schauriges und die gleichen Gespräche und die gleichen Leute. Er muss ausgeruht sein. Er muss fit sein Morgen. Er muss Susanne anrufen. Sie meldet sich nicht! Seine Unruhe schlägt in Besorgnis um. Ist ihr etwas zugestoßen? Er bittet den Pförtner, in Abständen von dreißig Minuten, zu versuchen seine Frau anzurufen und ihr zu sagen, es sei alles in Ordnung, er wäre in einer wichtigen Besprechung; es würde sehr spät werden.

Bis zum Termin im Gästehaus, das er kennt, das in der Nähe liegt, hat er noch Zeit, die er in der Werkskantine absitzen will. Am Automaten zieht er sich ein Sandwich und ein Wasser, an der Kaffeemaschine füllt er einen Becher mit Espresso. Er sucht sich einen Platz in einer Ecke dieses kahlen, fensterlosen Saals, auf einem harten Plastikstuhl, auf einem blauen; es gibt blaue, gelbe und rote Stühle und ebensolche Tische. Der Boden ist übersät mit zerknüllten Servietten, Pappuntersetzern und Kunststoffbestecken. Am unteren Ende des Saals ist eine Frau mit dem Aufkehren beschäftigt. Bis sie zu seinem Platz vorgedrungen ist, wird er weg sein. Mit den Füßen kickt er den Abfall aus seiner Reichweite. Die Spätschicht neigt sich dem Ende zu, die Nachtschicht kommt allmählich in Gang. Nur ein paar Arbeiter im Blaumann sitzen in seiner Nähe, versunken auf ihren Stühlen, offensichtlich müde, von der Arbeit oder vom frühen Ende ihrer Nacht, das kann er nicht erkennen. In seinem Anzug ist er hier wahrscheinlich ein seltener Anblick. Das grelle Neonlicht soll wohl die Heimgeher wachhalten und die Ankömmlinge munter machen. Was für ein Kontrast zum Gästehaus! Dort eingeladen zu werden, zum Vortrag, ist eine der höchsten Weihen. Allein der Zugang durch den gepflegten Park ist erhebend, der Aufgang über die Freitreppe, die prächtigen Flügeltüren, das luxuriöse Ambiente: Marmor, Gold, Stofftapeten, antikes Mobiliar, Wandleuchten und indirekte Strahler, ein warmes, sanftes Licht, Servicepersonal im Eingang, Foyer und den Gesellschaftsräumen! So hat er es in Erinnerung. So fern der

Welt von Susanne und dem, was er anstrebt. Warum konnte er sie nicht erreichen? Heute ist ihr arbeitsfreier Tag. Sie ist gern zu Hause. Wenn er sie fragt, was sie heute machen wird, antwortet sie oft, sie bliebe im Haus.

„Und was machst du im Haus?"

„Im Haus sein."

Er sieht sie im Wohnzimmer, an einer der Flügeltüren stehen und in den Garten schauen. Manches Mal umarmt er sie dann von hinten, und sie blicken beide hinaus, in die gleiche Richtung, still. Hin und wieder, wenn er früher heimkommt, setzen sie sich an den Tisch am Fenster, trinken zusammen einen Wein, unterhalten sich, sie finden immer etwas zum Reden, beobachten die untergehende Sonne, sitzen in dem zunehmend dämmrigen Raum und sind eins. Diese Stunden werden seltener, seit er hin- und her fliegt und nur am Wochenende heimkommt. Er vertraut ihr grenzenlos, wie sie ihm vertraut. Er kann sie sich nicht vorstellen mit einem anderen. Es gibt eine Aufrichtigkeit auch zu sich selbst. Er kann sich nicht vorstellen, dass sie ihn anlügt. Im Laufe ihrer innigen Jahre sind sie zusammengewachsen zu einem neuen Wesen. Deshalb kann er sich ihre lange Abwesenheit heute nicht erklären. Er geht zum Telefon in der Saalecke, ruft sie an, vergeblich, ruft den gemeinsamen Freund Konrad an, fragt Belangloses, um sein Anliegen zu verbergen: Sie ist und war offenbar nicht bei ihnen, ruft ihre Freundin an; sie ist nicht dort, ruft die Nachbarn an; auch dort wird sie nicht erwähnt. Er sollte heimfahren und das Gästehaus, Gästehaus sein lassen und sich um sie kümmern. Aber es bietet sich ihm eine Chance sein Vorhaben doch noch auf dem kleinen Dienstweg durchzubringen. Dann könnte er sich die Palastrevolution ersparen. Seine Leute verlassen sich auf ihn. Er fühlt sich verantwortlich. Er muss da durch!

Er macht sich auf den Weg ins Gästehaus. Es liegt im Norden, so dass er am Stadtrand bleiben kann und nur wenige Minuten fahren muss, auf einer gewundenen Straße, durch ein Villenviertel, entlang hoher Zäune, hoher Mauern, hoher Hecken. Er muss lange umherfahren, bis er einen Stellplatz findet. Das Eingangstor zum Parkt ist halb geöffnet. Er fühlt sich unwohl in seiner abgetragenen Kleidung, teils noch befleckt, zerknittert, verschwitzt, als er die Freitreppe hochgeht und durch das Glasportal in das lichtdurchflutete Foyer tritt. Dieses Mal wird er sich nicht entschuldigen, für sein Aussehen! Er sieht sich in dem hohen Spiegel, ihm gegenüber, an der Wand: Was soll´s! Er kommt vom Wald, er kommt vom Weiher, er kommt von den Maschinenanlagen, er kommt aus der Arbeiterkantine, er kommt sogar von einer Frau, die er vergewaltigt haben soll. Sein Sarkasmus hilft ihm, aufrecht den Saal zu durchqueren und in den Raum zu gehen, aus dem er eine Stimme hört.

Hier sieht er eine Menge dunkler Anzugträger, dicht gedrängt umhersitzen, auf Hockern, Sesseln, Sofas, im Halbrund vor einem Mann, der allein auf einem quittengelben Ledersofa, aufrecht, kerzengerade, thront. Er spricht mit einer harten, scharfen, durchdringenden Stimme, mit geneigtem Kopf, zum Boden vor sich, als läge dort das Manuskript seiner Rede. Der Neuankömmling wird von niemanden beachtet. Er möchte schnell einen Platz finden, um in dieser Versammlung unterzugehen; da entdeckt er den erhobenen Arm von Bergler. Er wird sich doch nicht zu ihm setzen müssen, auf dieses Zweisitzsofa? An der Wand entlang gelangt er zu dessen Platz und findet, mit Erleichterung, einen Hocker hinter ihm. Bergler streckt ihm die Hand entgegen, ohne seinen Blick vom Redner zu nehmen. Den Sinn dessen, was dieser sagt, kann er zunächst nicht erfassen. Zu beiden Seiten des gelben Sofas sind zwei Sessel, besetzt von einem jungen Mann und einer jungen Frau, wahrscheinlich Assistent und Sekretärin. Sie haben Papiere auf ihren Knien liegen und schreiben, in gebeugter Haltung. Von seinem erhöhten Sitz aus kann er die Versammlung gut überblicken: Ein Wirrwarr an Sitzmobiliar und Zuhörern! Alle scheinen gebannt zu lauschen, im Gegensatz zu ihrer offensichtlich betont lässigen Sitzhaltung: Die Beine weit von sich gestreckt, diejenigen, die auf niedrigen Sesseln und Sofas sitzen, die anderen, die Arme um Stuhllehnen gewunden, in schräger Haltung, als rutschten sie gleich auf den Boden. Die harten Stakkato Sätze des Mannes auf dem Sofa im Ohr sucht er, mit verstohlenem Blick, bekannte Gesichter in der Runde. Er entdeckt seine Lieblingsfeinde: Klausmann, allein auf einem ausladenden Sofa in Hellgrün, beide Arme auf der Rücklehne ausgestreckt; seine langen Beine verdeckt der Stuhl seines Vordermanns; Donners in einem dunklen Sessel, in dem er mit seinem dunklen Anzug beinahe unsichtbar wirkt; Nurler in erster Reihe auf einem Stuhl kauern; der Personalchef Hiltl, im viel zu großen Sessel, der kleine Mann! Einige Direktoren, unter ihnen Weinler, ein netter Mensch, wenn man nur nicht bei ihm das Gefühl hätte, er trüge ein offenes Messer in der Hosentasche, wie Bergler einmal sagte. Ihm unbekannte Gestalten halten sich im Hintergrund auf, Personal aus der Konzernzentrale, wahrscheinlich. Der einsame Mann auf dem gelben Sofa spricht unentwegt. Dabei stößt er seinen kahlen Habichtkopf, bei jedem Punkt und Komma seines Textes, nach vorn in Richtung des Bodens, um wohl seinen Ausführungen Schlagkraft und Gewicht zu geben:

„Der Preisdruck, der zunehmend auf unser Unternehmen, in seiner gesamten Struktur, ausgeübt wird, und zwar von allen Seiten, verlangt von uns eine harte Antwort. Allein mit technischen Rationalisierungsmaßnahmen, wie wir sie jedes Jahr durchführen, in einzelnen Segmenten und Gesellschaften, kommen wir nicht mehr weiter. Personalanpassungen, und zwar in drastischem

Umfang, werden unerlässlich sein. Wir sind gezwungen, eine neue Unternehmensstrategie zu entwickeln, und zwar für die nächsten Jahre. Ich möchte eine hochkarätige Taskforce aufstellen, aus Männern aller Bereiche und Konzerngliedern, ohne Ansehen der Hierarchien, die in möglichster Kürze eine Fünfjahresplanung erarbeiten. Ich bitte sie, mir, innerhalb einer Woche, Personalvorschläge einzureichen. Wir alle sind aufgerufen, als rational, ökonomisch handelnde Menschen, unsere Kraft und unser Denken dem Wohl unseres Unternehmens zu widmen. Individuelle Ziele, Animositäten, Emotionen sind unserem wirtschaftlichen Handeln abträglich und hintanzustellen."

Unvermittelt springt er auf: ein überraschend kleiner Mann, mager, drahtig – er denkt an einen Bergsteiger in senkrechter Wand – und geht auf Hiltl zu, der direkt vor ihm sitzt, gibt ihm die Hand und sagt etwas, was er nicht hören kann, leise, nah an dessen Gesicht. Und so geht er von Mann zu Mann, windet sich durch die Reihen, flink und Energie ausstrahlend. Bergler schnellt vom Sofa auf, als er vor ihm steht. So, aus der Nähe betrachtet, verliert der Mann, vom gelben Sofa, seine Schärfe. Er empfindet eine gewisse Wärme; mit ihm könnte er zurechtkommen.

„Bergler, schön sie zu sehen. Wie geht es ihnen?"

„Danke, Herr Dühring. Sie haben es treffend beschrieben. Wenn's unserem Unternehmen gut geht, geht's mir auch gut. Hier, Herr Pistorius, mein bester Mann."

„Gut und schlecht, Bergler, sind keine Kategorien für uns. Allein Effektivität und Ineffektivität unserer Mitarbeiter sollen Maßstäbe sein. Ich habe ihre Nachmeldung für ihn gelesen. Morgen machen wir die Einzelgespräche. Meine Sekretärin verteilt nachher die Terminliste. Wir sehen uns zum Abendessen.“

Er gibt auch Pistorius die Hand, sehnig und kalt, und blickt ihn in die Augen, ein blauer Strahl trifft ihn; dann wendet er sich an den Nebenmann.

Auch das noch, durchzuckt es Pistorius! Er soll die Nacht hier herumhängen! Deshalb sind alle so überaus feierlich gewandet, und er kommt vom Wald und … energisch stoppt er seine Gedankentirade, die ihn schon im Eingang überfallen hat. Muss er am Dinner teilnehmen? Er will Bergler fragen, doch der ist verschwunden. Alle, um ihn herum, haben sich inzwischen erhoben und stehen zusammen. Nur diejenigen, denen noch nicht die Hände geschüttelt wurden, sitzen und warten auf ihre Begrüßung. Verloren fühlt er sich zwischen diesen, in der Karriereleiter ganz oben angelangten, herausstaffierten, selbstbewussten, selbstgefälligen Männern mit ihren lauten, aufgesetzten, kantigen Stimmen. Er entdeckt Weinler, den umgänglichen Direktor, im Hintergrund des Saals. Sein Gesprächspartner wendet sich gerade lachend von ihm ab, und Weinler steht allein. Er bahnt sich einen Weg zu ihm, erleichtert einen Gesprächspartner zu finden, doch der geht aus dem Saal, bevor er in seine Nähe kommt. Ob er ihn gesehen hat und flüchtet? Pistorius lehnt sich nun an die Wand, neben einem runden Marmorpostament, auf dem eine Figur steht, eine nackte Frau, in beige, rot, blau geäderten Marmor, eine Nymphe, die eine Blume vor ihre Scham hält. Neunzehntes Jahrhundert, denkt er, klassizistisch. Mit den Fingerspitzen streicht er über ihren Kopf, ihre langen Haare, ihre Schultern. Der kalte, polierte Stein verführt ihn, mit seiner ganzen Handfläche den Körper zu fassen, nimmt jedoch seine Hand zurück. Er könnte beobachtet werden! So entdeckt er, dass die Blumenhand nur ihre Scham von vorn abdeckt, aber von oben betrachtet, sieht er einen freien Raum zwischen der Blume und ihrem ausgeprägten Venushügel.

„Na, Pistorius, trauen sie sich nicht?"

Weinler steht neben ihm und grinst.

„Da müssen sie schon warten. Wir werden beobachtet. Aber zur vorgerückten Stunde ist das ein Ritual, vor dem Heimgehen oder bevor man nach oben ins Schlafzimmer geht, die Hand von oben zwischen den Spalt zu schieben. Sie werden feststellen, der gewölbte Bauch, die Lenden und die Möse sind schon ganz abgegriffen vom Handschweiß und Staub. Er schaut zur Kulisse der laut tönenden Gesellschaft hinüber. Tatsächlich haben Donners und Klausmann, die dicht zusammenstehen, ihre Gesichter zu ihnen gewendet. Sie lachen lauthals, als hätte einer von ihnen einen Witz erzählt. Ihre offensichtliche Harmonie verwundert ihn. Sind sie nicht erbitterte Gegner?

Soll er nicht Klausmann mit Munition versorgen gegen
seinen Partner? Führen beide gar etwas im Schilde gegen
ihn? Da nimmt er seinen Chef wahr, der ihn heranwinkt:
„Ich habe hier die Liste. Wir sind Morgen um vierzehn
Uhr dran. Kommen sie zum Mittagessen um Zwöl-
fuhrdreißig; dann haben wir noch etwas Zeit zur Vorbereitung. Und noch eins: Geben sie sich nicht so untertä-
nig; das mag er nicht. Seien sie so wie ich sie kenne: Grad
an, selbstbewusst, tatkräftig, kämpferisch, heute scheinbar nicht, aber Morgen! Bleiben sie zum Abendessen."

Er weiß nicht ob das eine Frage oder Aufforderung ist.
Noch ehe er antworten kann, geht Bergler. Der sollte ihm
keine Lehren geben über Untertänigkeit! Ist er doch ein-
geknickt, wie er ihn noch nie gesehen hat: `Wenn es der
Firma gut geht, geht's auch mir gut`. Zum Weinen! Das
hätte er von diesem aufrechten Mann nicht erwartet. Oder
glaubt er selbst, was er sagte? Auch Weinler sieht er nicht
mehr.

Der Saal leert sich. Er folgt den Männern in Richtung der
Flügeltüren zu einem Nebensaal. Unentschlossen, ob er
die Aufbruchstimmung nutzen sollte zu verschwinden,
lässt er sich von den anderen mitziehen, durch die Türen
in diesen Raum, leicht als Speisesaal zu erkennen, an den
zwei langen, gedeckten Tafeln in der Raummitte, unter
zwei mächtigen Kronleuchtern, was ihm als erstes auf-
fällt, bevor sein Blick, ungläubig, irritiert, auf die Menge

der Frauen fällt, die in der Nähe der Fenster stehen, offensichtlich in Erwartung der eintretenden Männer. Eine bunte Schar, fein ausstaffiert, in langen Abendkleidern, in enganliegenden Hosenanzügen, in knappen, stoffarmen Hüllen. Manche sieht er mit Sektkelchen in der Hand. Livriertes Personal trägt Tabletts mit gefüllten Gläsern durch die Reihen. Die Ankömmlinge suchen sich zunächst ein Glas und nähern sich dann ihren Partnerinnen, wobei mancher so zögerlich vorgehet, dass er den Eindruck gewinnt, er habe vergessen, wie sie aussieht. Noch könnte er weggehen, auf die Toilette zur Tarnung und dann heim. Da ist schon wieder Weinler, der ihn am Oberarm packt, von hinten, und sagt:

„Auf, Pistorius, nicht so zögerlich. Suchen wir uns einen guten Platz, solange noch freie Wahl ist, neben einer schönen Tischdame."

Er hat ein Glas in der Hand und winkt damit den Kellner zu sich, trinkt es rasch leer, nimmt ein neues und reicht es Pistorius und greift sich selbst eins.

„Auf einen schönen Abend. Sie haben es, glaube ich, heute nötig, was ich so gehört habe."

Er will ihn aushorchen! Das Waschweib, das passt zu ihm! Deshalb ist er so anhänglich. Er schiebt ihn zum Tisch, setzt sich geradewegs an die Seite einer Frau und rückt ihm den Stuhl neben sich zurecht. Widerwillig setzt er sich auf das Polster. Er hätte sich gleich davonmachen sollen! Er denkt ärgerlich: Die Spontaneität, die er für seine Arbeit an sich so schätzt, fehlt ihm häufig im privaten Bereich. Da ist er zögerlich und zaudert und wälzt Bedenken hin und her, bis er endlich zu einem Entschluss kommt, den er dann oft für falsch hält, wenn es zu spät ist.

Der Tisch wird jetzt rasch besetzt. An seine Seite lässt sich ein schwarzer Anzugträger ächzend nieder, breitschultrig, ausladend, ihm unbekannt. Und nachdem er sich vorgestellt hat, mit einem ihm unverständlichen Namen, widmet er sich seiner Begleiterin, indem er sich von ihm weg beugt und sich ihr tief zuneigt, mit seinem ganzen Oberkörper, als wolle er seinen Kopf auf ihre Schultern legen oder tiefer in ihren Ausschnitt schauen. Die Frau, ihm gegenüber, dünn, hoch aufgerichtet, im faltigen Gewand, bunt, fast schrill, schaut ihm herausfordernd ins Gesicht, als erwarte sie etwas von ihm. Er zwingt sich ein Lächeln ab, das offensichtlich bei ihr nicht ankommt. Sie wendet ihren Kopf, mit dem gleichen starren Blick, zu ihrem Nebenmann, der kleiner wirkt als sie, sodass sie zunächst über ihn hinwegblickt und dann erst ihren Kopf etwas nach unten fallen lässt, in Richtung des kahlen Schädels ihres Begleiters, der mit großen Augen zu ihr hochblickt. Weinler hat seine irritierten Blicke beobachtet. Er stößt ihm seinen Ellbogen in die Seite und flüstert:

„Chefsyndikus in der Zentrale! Ich bin ihm ein paar Mal begegnet, aber mit einer Frau habe ich ihn noch nie gesehen. Die zwei passen zusammen, wie das Euter zum Ochsen, oder?"

Er wartet keine Antwort ab, sondern wendet sich wieder seiner Nachbarin zu und überschüttet sie weiter mit seinem Redeschwall. Er stellt sich vor, Susanne würde neben ihm sitzen. Es ärgert ihn, wie diese Einladung ihn überfallen hat, ohne Vorbereitung, ohne sie bitten zu können mitzukommen. Obwohl sie derartige Events nicht mag, hätte sie ihn begleitet, glaubt er, um ihn nicht allein gehenzulassen. Alle hätten sich gewundert, was für eine schöne Frau er hat, in ihrem scharlachroten Satinkleid, das an ihrem schlanken, kräftigen Körper herunterfließt, wie Honig. Natürlich stören ihn die begehrlichen Blicke der Anderen jedes Mal aufs Neue, aber gleichzeitig ist er stolz, sie an seiner Seite vorzeigen zu können, wenn sie seinen Arm nimmt und sich eng an ihn schmiegt, und er nur für sie da zu sein scheint. Bergler hatte gesagt, nachdem er ihn einmal zu Hause anrief und Susanne abnahm:

„Ihre Gattin hat eine so liebreizende, süße Stimme! Sie müssen sie mir unbedingt mal vorstellen."

Dazu gab es bis heute, glücklicherweise, keine Gelegenheit. Und er wird auch keine suchen. Susanne kann zwar sehr wortkarg und störrisch gegen Schmeicheleien und Annäherungsversuche reagieren, aber Bergler ist sein Chef, zudem ein schöner, mächtiger Mann. Wie hätte er auf sie gewirkt? Wie hätte sie ihn angenommen?

Er hat sie noch nie flirten gesehen oder noch nie festgestellt, wie andere Männer auf sie wirken. War sie immun dagegen oder konnte sie sich so verstellen, in seiner Gegenwart? Und hätte sich Bergler mit einem Vorstellen begnügt? Was wäre passiert, wenn er sich in sie verschaut hätte? Hätte er ihn dann bestochen zu weiteren Begegnungen, für den Anfang, um ihn schließlich loszuwerden, auf Geschäftsreisen, mit Sonderaufgaben betraut? Und Susanne - im Glauben, den er ihr einflüsterte, ihm zu helfen, zu fördern, vorwärts zu bringen, mehr Geld, mehr Macht - wäre in ihrer Gutmüdigkeit und Unerfahrenheit auf ihn hereingefallen?

Kennt er sie wirklich so schlecht? Sie haben keine Erfahrung in solchen Dingen, zum Glück! Er sucht Bergler mit den Augen, im Saal, vergebens.

Lustvoll wäre es für sie beide hier gewesen. So aber sitzt er kümmerlich zwischen dem schwarzen Halbrücken auf der linken Seite und dem Desinteresse zur Rechten und der Holzfigur ihm gegenüber und fühlt sich fehl am Platz. Wenn er an seine lange Heimfahrt denkt, vielleicht um Mitternacht oder noch später, vergeht ihm jegliche Lust am Trinken und Essen, das jetzt aufgefahren wird. Servierwagen rollen an, die beladen sind mit Schüsseln und Platten. Die Gläser werden nachgefüllt, vom schlanken Personal, im schwarzen, engen Livree, das ihm schon beim Eintritt aufgefallen war, durch ihre knappen, zackigen Bewegungen, die ihn an die Roboterarme an den Montagestraßen denken ließen. Außerdem befindet er sich zunehmend in einem Zustand lähmender Gefühllosigkeit. Seine Müdigkeit, die zeitweilig nahe einer Erschöpfung war, scheint sich dem Zustand zu nähern, der ihn heute in der Nacht befallen hat, als er aufwachte und nicht mehr wusste, wo er sich war und glaubte, im Nirgendwo zu schweben. Als säße er in einem Glaskasten, hier am Tisch, erscheint alles um ihn herum so fern, unberührbar. Wenn er jetzt spräche, würde seine Stimme wohl hohl klingen und niemand könnte ihn hören.

„Hallo, Pistorius, aufgewacht! Schlafen sie mit offenen Augen? Trinken sie, essen sie. Wir sind gleich an der Reihe. Musik kommt auch, dann können sie tanzen, mit all den Schönheiten hier. Vergessen sie die Donners und Klausmanns und die ganze Mischpoke in der Verwaltung, die uns das Leben schwer machen und keine Ahnung haben, was wir wirklich treiben. Die sitzen in der Etappe, im Warmen, in aufgeräumten Buden und können sich nicht einmal vorstellen, wie´s bei uns an der Front zugeht. Wir sind es, die ihnen ihren Arsch warmhalten und sie mit Zahlen und Papier spielen lassen, während wir unseren Kopf hinhalten. Rübe ab, wenn´s nicht klappt! Draußen ist ein Hauen und Stechen im Gange, um jeden Meter Marktanteil, um jeden verdammten Abnehmer; das brauche ich ihnen nicht zu sagen. Sie stehen in vorderster Linie. Wir und das Fußvolk an den Anlagen reißen uns sonst was auf, damit die Maschinerie rund läuft und diese Verwaltungshengste geilen nur darum, ihn sonst wo reinzustecken.

Das mit dieser Frau ist doch aus der Luft gegriffen, nicht wahr? Einige wollen sie loswerden, mit allen Mitteln. Sie wollen ihre Stelle einnehmen, die ist nämlich ein Sprungbrett für ganz nach oben. Außerdem haben sie einen Handlungsfreiraum, wie ein Landvogt. Nur, wenn´s schief geht, wie gesagt, Rübe ab! Seien sie auf der Hut, Pistorius! Es wäre schade um sie. Donners will als erster ihren Brückenkopf einheimsen, damit hätte er Einfluss auch auf andere Produkte und könnte zudem schöne Reisen machen, in den Süden, La dolce Vita! Dieser Kerl giert nach immer mehr, mehr Einfluss, mehr Macht, und warum? Damit er seine Dummheit über alle Bereiche ausschütten kann. Er und dieser Klausmann, die werden uns noch kleinkriegen. Wir müssen uns zusammentun, Pistorius. Ich kenne ihren Laden da unten: Das Milieu, den Markt, die Abnehmer, alles. Schon vor ihnen bin ich dort ein- und ausgegangen. Natürlich war damals alles kleiner. Da haben sie viel geschafft. Hut ab! Unter vorgehaltener Hand sagen das alle, aber laut äußert das keiner. Nur kein Lob, das könnte Geld kosten und wählerisch machen. Daumenschrauben anziehen, immer ein bisschen fester, das nennen sie Motivation der Mitarbeiter! Darin ist der Donners Meister. Seine Leute sind total gegen ihn.“

Er unterbricht seinen Redefluss und trinkt. Sein Bierglas ist fast geleert. Weit und breit sieht er nur Weintrin-
ker sitzen, die wohl nur an ihren Gläsern nippen, denn
ihm fällt auf, dass selten nachgeschenkt wird; wohinge-
gen Weinler einen eigenen Kellner zu beschäftigen
scheint, denn sein Glas ist nie leer, obwohl er es kräftig
handhabt. Tatsächlich nähert sich ein Kellner und fragt
ob er nachschenken darf.

„Ich hab sie ja gebeten, nie viel Luft im Glas entstehen
zu lassen: das machen sie schon hervorragend."

Während er das sagt, schaut er ungeniert in die Runde,
mustert seine Tischnachbarn, die ihm gegenübersitzen
und dreht sich sogar um, auf seinem Stuhl, um den Nebentisch in seinem Rücken zu taxieren.

„Es gibt hier Paare, die so interessiert aneinander sind,
dass sie unmöglich miteinander verehelicht sein könnten.
Unsere allen bekannten Führer harren gelangweilt neben
ihren Ehefrauen aus, während diese weitgehend Unbekannten schier in die Dekolletés ihrer Tischdamen
schlüpfen. Hier wird in Saus und Braus getafelt, während
in den Büros die Bleistifte und Radiergummis rationali-
siert werden und der Essenszuschuss für die Kantine ge-
strichen wird und unseren Löhnern, an den Maschinen,
Sekunden um Sekunden herausgepresst werden, damit
wir ja nicht pleite gehen. Der Laden ist marode. Ich sage
ihnen, Pistorius: Der Fisch stinkt vom Kopf her!"

Der Service hat sie erreicht und füllt ihre Teller aus Schüsseln und Terrinen.

„Herr Pistorius, Herr Doktor Düring bittet sie, zu ihm zu kommen. Ich darf sie begleiten?"

Er schaut hoch in das Gesicht des Assistenten, der neben dem gelben Sofa saß. Weinler hebt erschrocken seinen Kopf von seinem Teller und starrt ihn an. Pistorius ist zunächst entsetzt, dann durchströmt ihn ein Freudenstrahl: Endlich! Und Morgen braucht er nicht zu kommen! Er erhebt sich und folgt dem jungen Mann, der quer durch den Saal, vorbei an erstaunten Blicken, durchs Foyer zu einer Tür geht, an die er klopft und wartet, mit dem Ohr am Türspalt, und dann öffnet, und sie treten auf dicken Teppichen in eine Art Wohnbüro, in dessen Mitte, an einem gewaltigen Schreibtisch, der Feldherr offensichtlich auf sie wartet, viel zu klein für dieses mächtige Möbelstück, aber unübersehbar dominant. Mit einer Armbewegung bedeutet er ihnen, ihm gegenüber, auf den zwei Sesseln am Tisch, Platz zu nehmen. Noch während er sich setzt, entdeckt er Bergler, der mit übergeschlagenen Beinen, tief in einem Sessel im Hintergrund des Zimmers sitzt, soweit entfernt, dass er seinen Gesichtsausdruck kaum erkennen kann. Eher fühlt er dessen Anspannung. Der Assistent, neben ihm, nimmt einen Notizblock von der Tischplatte und legt ihn sich auf die Knie; mit einem Kugelschreiber in der Hand blickt er seinen Chef erwartungsvoll an

„Herr Pistorius, ich danke ihnen, dass sie ihr Essen unterbrochen haben. Ich will sie nicht lange abhalten. Ich bin über sie auf dem Laufenden. Ich kenne ihre Situation. Sie haben Ideen entwickelt zur Verbesserung."

In diesem Moment läutet das Telefon. Der Mann nimmt ab, ohne ein Wort zu äußern, und lauscht in die Muschel – seine Mundwinkel fallen nach unten, sein Gesicht glättet sich, streng - deckt mit der Hand den Hörer ab und sagt zu ihm, er möge ihn bitte allein lassen, nur für einen Augenblick. Pistorius verlässt den Raum mit Erleichterung, denn dadurch findet er Zeit, sich zu beruhigen und zu sammeln und auf dieses Gespräch einzustellen.

Im Foyer sieht er keine Sitzmöglichkeit. So geht er, mehr und mehr der Einmaligkeit dieses Ereignisses und seiner Bedeutung bewusst, gemessenen Schritts im Kreis durch die Vorhalle, wobei ihm die Windrose auf den Bodenfliesen einen exakten Rundweg vorgibt, vorbei an dem hohen Wandspiegel, in dem er sich jedes Mal stolz mustert und seine Haltung verbessert, vorbei an den Säulenheiligen, wie er die Marmorstatuetten an den Wänden despektierlich anspricht, vorbei an Mahagoni und Porzellan. Er wird ruhig und ruhiger. Die Zeit rinnt dahin. Wird dieses Treffen nun der ganz große Sprung nach oben werden? Doktor, Doktor h.c. Dühring gibt sich nicht mit Bagatellen ab. Er musste schon einmal vor ihm erscheinen: Anschließend wurde er zum Geschäftsführer seiner

Firma ernannt, weil er - wie sie offiziell sagten, damit sie ihn nicht loben mussten - Land und Leute kenne. So hat sich sein ursprünglicher Plan, als Globetrotter umherzuziehen, ausbezahlt, aber als das Gegenteil, von dem, was er sich erträumt hatte.

Schon bei seiner Jungfernreise - die Geschichte mit dem roten Sportwagen - war er in diesem Land hängengeblieben, in diesem Städtchen, in dieser tiefergreifenden Hochebene.

Er hatte ja keinen festen Plan, damals, für seine Reise. Er hatte sich nur eine vage Route ohne Aufenthaltsorte ausgedacht. Er wusste nur, dass er bald weiterziehen wollte, immer weiter, voll Unrast, wie er war. Unterwegs sein, das war sein Plan. Die Freunde in diesem Ort, die er schnell gewonnen hatte, fragten ihn, wo er denn so eilig hinwolle, ob es ihm bei ihnen nicht gefiele. Zudem seien sie alle zu einer Dorfhochzeit eingeladen, am Wochenende. So entschloss er sich, noch einige Tag zu bleiben. Sie besorgten ihm eine Gästeunterkunft im Kloster der Barmherzigen Schwestern, die sich beglückt zeigten, ihren Auftrag der Barmherzigkeit an ihm in die Tat umsetzen zu können. Und so wurden aus den wenigen Tagen, die er bleiben wollte, fast ein Jahr. Zufall? Warum dieser Ort? Warum dieser lange Aufenthalt? Warum ergab sich daraus sein ganzer Lebensweg? Wie er immer dachte:

Mutig einen neuen Weg einschlagen, dann ergeben sich ungeahnte Aussichten.

„Hier lass ich dich raus. Ich muss weiter. Das ist ein guter Ort. Dort drüben findest du eine billige Unterkunft."

So war es auch. Er hastete im Wolkenbruch zu dieser Pension. Die Wirtin gab ihm einen Schlüssel und erklärte den Weg in den zweiten Stock. Das Zimmer war klein und spärlich eingerichtet, hatte aber ein Balkonfenster; das gefiel ihm. Er zog seine nassen Sachen aus und legte sich aufs Bett. Er war erledigt nach dieser langen Fahrt in dem holprigen, engen Auto mit dem unaufhörlich redenden Fahrer und dem immer gleichen, grenzenlosen Blick aus dem Fenster. Er fühlte, sie würden jetzt gleich ans Ende der Welt kommen. Die Zeit hatten sie längst irgendwo hinter sich verloren. Das mürrische Brummen des Motors, der Benzindunst in ihrer Kabine, die eintönigen Selbstgespräche des Fahrers ließen seine Augenlider immer wieder zufallen. Er bemühte sich, dem Mann am Steuer seine Aufmerksamkeit zu zeigen, schließlich hatte er ihn mitgenommen, war freundlich und zuvorkommend zu ihm.

Nie mehr wird er aus seinen Gedächtnisaugen diese endlos gerade Straße durch die Hochebene verlieren, mit den abgeernteten Getreidefeldern zu beiden Seiten, die

wie Rotgold leuchteten, und den wolkenlosen, kristall-
blauen Himmel. Die Sonne brannte ins Auto. Nur sehr
fern sahen sie eine Wolkenbank über dem Horizont,
schwarz am Boden und darüber aufgetürmt gewaltige
Kumuluswolken. Ihre Straße führte geradewegs in sie
hinein. Der Fahrer unterbrach seinen Redeschwall, als er
seine besorgten Blicke sah, und meinte, sie kämen noch
trocken in den nächsten Ort. Aber rasch war es dunkel.
Wassermassen wurden über sie ausgeschüttet und krach-
ten auf das Autoblech, und Blitz und Donner waren
ringsum. Er wunderte sich über den Fahrer, denn der fuhr
schnell, anscheinend unbeeindruckt, weiter, bis er abrupt
anhielt und ihn aussteigen ließ, im Wolkenbruch, vor langer Zeit.

Es konnte kein Zufall gewesen sein, der seinem Lebensweg einen so entscheidenden Kurs gegeben hatte.
Waren die Freunde Zufall, die ihn zum Bleiben drängten?

War diese nächtliche Einkehr in die Bar Central – ein
plötzlicher Entschluss auf seinem Heimweg zur Pension
– ein Zufall, sie dort alle anzutreffen, zum ersten Mal,
schon   schwer   am   Tresen   hängend?
Es gab keine Tische und Stühle in diesem Lokal. Die
Gäste standen am Tresen gelehnt oder im Raum, wie auf
sich selbst gestützt. Viel Platz war nicht und wurde auch
nicht vermisst. Das Ganze war ein Schacht aus rohem
Mauerwerk, von ein Paar nackten Glühbirnen beschie-
nen. Die schwache Beleuchtung reichte aus, sein Glas zu

finden und seine Gegenüber zu erkennen. In diesem Halbdunkel verbarg sich das Gerümpel ringsum oder konnte leicht übersehen werden. Hin und wieder wurden Kerzen aufgestellt, wenn der Strom ausfiel. Der kleine Wirt arbeitete auch dann noch routiniert im flackernden Schatten. Blind machte er die immer gleichen Handgriffe zum Zapfhahn, in die Getränkekisten am Boden, zu den Gläsern und Flaschen im schiefen Wandregal mit der bescheidenen Auswahl an Cubalibre, Wein, rot und weiß, als Hausmarke, drei, vier Schnapsmarken. Sonst gabs nur noch Oliven im Blecheimer, den er unter der Theke hervorholte und Tüten mit Kartoffelchips im Karton auf der Thekenplatte. An eine Kaffeemaschine, Statussymbol einer ordentlichen Bar, erinnert er sich nicht

Da stand er oft, bis tief in die Nacht mit seinen Freunden. Er wusste, sie mochten ich; er war gern gesehen. Sie luden ihn immer ein, mit ihnen zu trinken, nie durfte er bezahlen; aber er schuldet ihnen keine großen Geldbeträge, hofft er jetzt, da er sich erinnert, als wäre es gestern gewesen. Aber wie sie aussahen, und wer sie gewesen sind, hat er vergessen. Sie waren alle im gleichen Alter.

Der Bänker war älter, aber er passte sich ihnen an; nur weinte er oft, wenn er betrunken war, weil sie hier so verloren wären und vereinsamt und vergessen, wie er zu vorgerückter Stunde - ohne jeden Zusammenhang - von sich gab, mit schwerer Zunge. Dieses Lamentieren störte sie nicht. Sie waren es gewohnt. Sie konnten ihn auch nicht beruhigen oder umstimmen. Er hörte mit seinem Gejammer von allein auf, sobald er sich selbst so leidtat, dass er es nicht mehr ertragen wollte und anfing, sich zu beschimpfen, er sei selbst schuld an seinem Elend. Danach verfiel er in ein unverständliches Brabbeln und wurde still und stand steif an ihrer Seite, und tatsächlich rollten Tränen über sein Gesicht, das ganz grau wurde. Da erbarmte sich immer einer von ihnen und legte seinen Arm um ihn. Er konnte das nicht, diese Nähe suchen, aber er tat ihm auch leid. Er erinnert sich so deutlich an ihn, weil er einmal festgestellt hatte, er sähe wie Humphrey Bogart aus, wenn seine Augen nicht verheult waren und sein Gesicht nicht so grau wurde. Er lebte in seinen mittleren Jahren allein. Das wusste er von seinen Klagen, keine Frau wolle ihn. Das verstand auch er nicht, denn er sah gut aus, hatte einen soliden Job und gutes Einkommen, und vielleicht hätte er mit einer Frau weniger getrunken. Er hatte keine Ahnung, wo seine Wohnung lag, und was er außerhalb seiner Bankarbeit trieb.

Das schien das Geheimnis ihres langen, ungetrübten Zusammenhalts zu sein, dass sie sich oft am späten Abend hier einfanden, wie zufällig, zur gleichen Zeit, am gleichen Platz, aber keinen weiteren Kontakt pflegten. Begegneten sie sich gelegentlich auf der Straße, grüßten sie, nickten, hoben die Hand, aber mehr als ein Hallo wurde nicht gesagt. Bevor sie aus der Bar gingen, sangen sie vielstimmig, und er spielte Mundharmonika dazu, in freier Improvisation, bis der Wirt - er kommt nicht auf seinen Name - die spärliche Beleuchtung einfach abstellte, denn er war zu schüchtern, um zu rufen:

"Haut jetzt endlich ab!"

Frauen sah er hier nie oder sie hinterließen keinen so tiefen Eindruck, dass er sich an ihre Anwesenheit erinnern müsste.

Einmal wurde er zur Hintertür gewunken. Der Wirt hatte Rebhühner geschossen, was er nicht durfte, und in einem hohen Topf heimlich zubereitet; der stand auf einem Hocker mitten im Raum. Um ihn saßen bereits drei, vier Esser, die mit langen Gabeln im Fleisch stocherten. Er erkannte sie nicht. Die nackte Glühbirne, die dicht über dem Topf hing, blendete; ansonsten war es dunkel um sie. Auch er bekam eine lange Gabel in die Hand gedrückt und wurde auf einen Holzklotz zwischen die anderen gewiesen. Er sah einen Korb mit Weißbrot und mehrere Flaschen Rotwein neben dem Topf. Schweigend wurde gegessen, ungewöhnlich für diese redseligen Menschen, nur ab und zu ein Laut zum Zeichen großer Zufriedenheit. Die Mitesser schoben ihm immer wieder besonders feine Fleischbrocken zu. Er, der kein Fleisch mochte, tat sich schwer seine Befriedigung zu zeigen.

Das war, als er längst befreundet war mit dem Wirt, ein stiller, kleiner, geschäftiger Mann, und mit seinen besten Gästen. Die hatte er in der zweiten Nacht seiner Ankunft im Ort angetroffen. Sie hingen schwer schon am Tresen und hörten einem Mundharmonikaspieler zu, seiner quietschenden Musik. Er bat um das Instrument und musizierte vor ihnen, die in laute Begeisterung ausbrachen. Danach gehörte er zu ihnen in der Bar Central, das heißt, wann immer er am späten Abend hier hereinkam, standen sie schon da und begrüßten ihn mit Hallo und breitem Grinsen und Schulterklopfen. Oft standen sie dann solange zusammen, bis sie die Letzten waren, die durch die schlafenden, düsteren Gassen nachhause gingen. An Straßenbeleuchtung erinnert er sich nicht. Manchmal, wenn sie noch ein Stück gemeinsamen Wegs durch die Dunkelheit nahmen, klopfte der Bankmann an das helle Kellerfenster der Bäckerei und sein Freund öffnete und reichte ihm Stangen Weißbrot auf die Straße und rief jedes Mal das gleiche von unten herauf:

„Anständige Leute schlafen oder arbeiten um diese Zeit, und ihr Saufköpfe habt nichts anderes zu tun, als sie zu stören" und lachte.

Ihr Freund nahm das Brot entgegen, brach es sofort und verteilte es unter ihnen, und sie aßen die heißen Stücke auf der kalten Straße, bevor sie sich endgültig trennten. Den Gang danach, allein durch die dunklen, schweigenden Gassen, bei dem der Wind aus dem Osten zu seinem einzigen Begleiter wurde, und er die schlafenden Menschen hinter den schemenhaften Hausfassaden fühlte, in ihrer nächtlichen Wärme und Geborgenheit, und er der

Einsamste, Verlorenste und Größte war, diesen Gang
hätte er nicht ertragen ohne den Wein in sich und ohne
den Blick nach oben zur Milchstraße, zu diesem über-
quellenden Funkeln in den klaren Nächten der Hochebene, wo er sich dem Himmel näher fühlte, manches
Mal.

Wenn er dann in sein Zimmer im Kloster angekommen
war, durch das Eingangsportal, das eigens für ihn angelehnt stand, und sich im Kalten und Dunklen entkleidete
und seine Sachen auf den einzigen Stuhl ablegte und dann
unter die dicke Wolldecke seines Betts kroch und noch
dem Wind zuhörte, der draußen, an der Hausecke vor seinem Fenster, pfiff, wimmerte und ächzte, dann fühlte er
etwas, wie nie zuvor, das vielleicht Glück war, überlegt
er.

Musik schreckt ihn aus seinen Erinnerungen. Durch das
geöffnete Portal des Speisesaals dringt Musik Er erkennt
den Klang von Hammondorgel, Schlagzeug, Saxofon,
Bass, mehreren Violinen: Ein Wiener Walzer, etwas
schräg intoniert, aber schwungvoll, findet er. Er ist froh,
hier in der Eingangshalle allein seine Runden zu drehen
und auf seinen Auftritt zu warten und nicht im Saal den
Tänzer spielen zu müssen.

Mit Susanne wäre das eine Lust gewesen, zwar nicht
bei diesen Standardtänzen, die mögen sie beide nicht son-
derlich, aber sicher werden später Poprhythmen gespielt:

Blues, Swing, Rock and Roll. Die Zusammensetzung dieser Combo lässt ihn das vermuten. Er wundert sich, dass er noch an Tanzen denken kann und nicht schon bei dem Gedanken vor Erschöpfung umfallen möchte. Das bevorstehende Treffen mobilisiert wohl seine allerletzten Kräfte. Er macht ein Paar Tanzschritte, genau im Zentrum der Windrose: Er greift die rechte Hand von Susanne, legt seinen Arm um ihre Hüfen, hält ihren biegsamen Körper eng an seinen und führt sie im Viererschritt, trotz des Dreivierteltakts, weil er keinen Walzer kann, wobei er seinen vierten Schritt jeweils in der Luft hängen lässt. Er sieht sie wieder in ihrem scharlachroten Satinkleid, das ihre weichen Linien so sehr betont und vermisst sie. Zu dieser vorgerückten Stunde kann er nicht mehr versuchen sie anzurufen. Er hofft, der Pförtner konnte sie erreichen.

Mit dem Ende des Musikstücks beendet auch er seine Tanzübungen und wundert sich, zum ersten Mal, wie lange man ihn warten lässt. Die Band spielt einen neuen Walzer. Der Assistent hätte sich ja mal rühren können! Wer hat gesagt, dass er hier, vor der Tür, bleiben soll, antichambrierend? Sie wissen doch, dass er sich im Speisesaal aufhält; dort können sie ihn finden. Er ist es leid, hier herumzustehen und geht, mit zwiespältigen Gefühlen, an seinen Platz zurück.

Sein Essen, das er nicht angerührt hat, ist abgeräumt. Auf dem Tisch in seiner ganzen Länge, sieht er nur Gläser und Flaschen. Er ist heute verurteilt, nichts essen zu dürfen!

Weinler findet er versunken auf seinem Stuhl. Er hält ein volles Bierglas mit beiden Händen, vor sich auf dem Tisch, fest, vielleicht will er es wärmen oder sich daran festhalten, und schaut finster. Die hölzerne Tischnachbarin sitzt, wie vorher, aufgerichtet und starrt ihn an. Sie ist allein. Weinler hebt seinen Kopf, als erwache er aus tiefem Sinnieren, schaut ihn von der Seite an und sagt mit rauer Stimme, vom vielen Bier - Weinler trinkt immer viel Bier, wenn sich die Gelegenheit bietet - oder vom langen Schweigen belegt:

„Sie ist blind."

Ihn durchfährt ein wehes Schuldgefühl. Allzu schnell beurteilt er die Leute nach dem ersten Anschein. Wie oft wollte er sich das abgewöhnen! Er sollte sie zum Tanzen auffordern, zur Wiedergutmachung. Als hätte er seine Gedanken erraten, sagt der Zechkumpan neben ihm:

„Aber sie tanzt hervorragend, rhythmisch und ganz weich. Ich habe ihr zugeschaut. Es ist ein Spaß, sie zu beobachten. Na, sagen sie schon, haben sie jetzt die höchsten Weihen empfangen?"

Seine Zunge scheint etwas schwer zu sein, deshalb spricht er betont und laut.

„Ich habe die Zeit mit Warten verbracht, sonst nichts. Es wurde mir langweilig, deshalb bin ich gegangen. Hier scheints unterhaltsamer zu sein."

Die Combo hat sich in einer Saalecke gruppiert: Zwei Violinistinnen und vier junge Musiker, alle in einer einheitlichen, schwarzen Kostümierung. Jetzt spielen sie Oldies der sechziger und siebziger Jahre. Vor ihnen tanzt eine bunte Schar, verzückt, manche eng umschlungen, manche einzeln. Die Luft steht, Rauch hängt über ihren Köpfen. Er sitzt ungemütlich, wie auf Abruf, und blickt ständig zum Saaleingang in Erwartung des Assistenten, der ihn zu sich winken oder sich einen Weg zu ihm bahnen könnte. Weinler ist mit seinem Bierglas beschäftigt, das er mit beiden Handflächen zu wärmen scheint und im Kreis dreht. Ab und zu nickt er zu seiner Tischnachbarin, die an seiner Seite einen Monolog führt. Jetzt, in Ruhestellung, kämpft er gegen das Zufallen seiner Augenlider, die so schwer drücken.

Die Feiern in seiner Firma gefallen ihm besser. Zwanglos und ohne Etiketten treffen sie sich im Nebensaal des immer gleichen Restaurants, in der Nähe des Strands. Seine Leute finden immer einen Anlass, ein Fest zu machen und ihn dazu einzuladen. Das aber ist nicht seine Sache. Als Chef muss er Abstand halten. Manchmal kann er nicht absagen, bei Jubiläen, runden Geburtstagen, Taufe, Hochzeit und so weiter. Dann zwingt er sich, nimmt sich vor, nur kurz vorbeizuschauen, denn er kennt sich, allzu gern legt er seine Zurückhaltung ab, richtet sich wohlig ein und geht oft erst mit den Letzten nach Haus. Sie machen es ihm leicht, verführen ihn, machen ihn zum Mittelpunkt, hängen an seinen Lippen, überhäufen ihn mit Essen und Trinken und manche, seiner allzu weiblichen Mitarbeiterinnen, umschwärmen ihn. Besonders die Augen von Serafina, die von allen Sera genannt wird, werden, je weiter der Abend vorrückt, immer größer und dunkler und wollen ihn, mit Sicherheit, verzaubern oder verhexen. Er bemüht sich, nur immer kurz, wie zufällig, ihrem Blick zu begegnen, kann aber nicht vermeiden, mit zunehmendem Abend, häufiger ihre Augen zu streifen. Aber er hat sich im Griff, glaubt er. Affären, nicht nur Susanne zuliebe, will und kann er sich nicht erlauben. Er würde angreifbar werden, erpressbar. Ihre, ihm so offen gebotene Fürsorge, Akzeptanz und Zuneigung sind ihm, dem Einzelgänger, willkommen, aber in Maßen; persönliche Beziehungen meidet er. Sie geben sich wie eine Großfamilie. Rangunterschiede sind aufgehoben. Enrico sitzt neben ihm und an seiner anderen Seite, so erinnert er sich, Pedro, ein Vorarbeiter, mit dem er sich unterhält, genauer, der ihm von seiner vielköpfigen Familie erzählt, offensichtlich bemüht, ihn zu unterhalten, mit seinem Lieblingsthema. Der kann natürlich nicht wissen, wie sehr er ihn damit ins Innere trifft. Er, der die meiste Zeit von seiner eigenen Familie getrennt

sein muss, der ihre Geborgenheit der Firma opfert, wird
bei der Schilderung dieser heilen Welt des Pedros immer
mehr von Selbstmitleid befallen. Seine Sehnsucht nach
der Nähe von Susanne wächst ins unermessliche. Seine
beiden Söhne sind, für sein Empfinden, viel zu früh ausgezogen: Er war ja nie da! Irgendwann fallen die Gäste,
einer nach dem anderen, in einen seligen Gesang ein und
sich gegenseitig in die Arme. Das ist der Moment, an dem
er gehen sollte. Sera kann er nicht sehen. Auch Enrico ist
verschwunden. Er wartet, bis Pedro eine Atempause in
seiner Familiengeschichte macht und erhebt sich.

Eine samtweiche Nacht ruht draußen, am Ausgang. Er
schlendert die Straße hinunter, unter den Platanen. Die
wenigen Straßenlaternen, deren Leuchtköpfe im Blattwerk der Bäume stecken, sprenkeln ein bisschen Licht
auf seinen Weg. Er steigt über die Böschung, die mit har-
tem Riedgras bedeckt ist und steht auf einem Wiesen-
stück, das leicht abschüssig im Sand ausläuft. Dahinter
sieht er das Meer, im Mondlicht, mit einer lang auslaufenden Dünung, die ihr leises Rauschen zu ihm hoch-
schickt, wie das tiefe Ausatmen eines Schläfers in der
Nacht. Zu seiner linken Seite stehen die Platanen auf der
Böschung und gehen bis fast zum Meeressaum hinunter.
Unweit von ihm, noch auf der Wiese, zu Füßen der
Bäume, entdeckt er ein Paar, das im Gras liegt. Er will
sich sofort entfernen, bleibt aber gebannt stehen. Er starrt
auf die nackten, weißen Beine der Frau, die zum fahlen

Mondlicht emporgereckt sind. Gebannt auch beobachtet er ihren Kopf, den sie hin und her wirft, sodass ihr Gesicht einmal vom Mann verdeckt ist und dann aufschimmert, vom Mondschein getroffen, als blickte sie ihn an. Die Augenhöhlen sind schwarz beschattet, aber er erkennt Sera. Sie scheint ihn wahrzunehmen, ihre Beine fallen ins Gras, ihre Arme rutschen vom Rücken des Mannes; regungslos auch ihr Gesicht als wäre sie erstarrt. Der Mann, über ihr, richtet sich auf und schaut in seine Richtung: Es ist Enrico.

Nun dreht er sich von ihnen weg und läuft zurück über die Böschung, durch die Allee, in Richtung seiner Wohnung. Dieser Gang durch die menschenleeren Straßen, in der warmen, sanften Nacht, besänftigt seine Erregung. Er hat sich eingebildet, sie wollte ihn verhexen, dabei meinte sie den, der neben ihm saß. Oder war ihr jeder recht heute? Oder fühlte sie, dass er unerreichbar war? Egal! Es ist ihm nicht wichtig, stellt er fest. Mit Erleichterung stellte er das fest: Er empfand keinerlei Neid oder Eifersucht oder Enttäuschung oder Missgunst. Nicht einmal in seinen Fantasien war er oder wollte er mit ihr zusammen sein. Trotzdem fühlte er sich plötzlich, auf dieser warmen nächtlichen Allee, ausgestoßen. Ihm wurde bewusst, dass er nicht zu ihnen gehörte. Sie waren herzlich zu ihm, weil er ihr Chef war, weil er ihnen Arbeit gab, weil sie sich gut stellen mussten mit ihm, zu ihrem eigenen Vorteil. Vielleicht sahen sie in ihm einen guten

Chef, aber nicht den guten Peter Pistorius, nicht ihn als Menschen. Sie mochten seine Rolle. Die Theaterfigur Firmenboss gefiel ihnen. Ohne seine Kostümierung war er ein Niemand für sie. Er kam sich, mit einem Mal, betrogen vor oder hatte er sich selbst betrogen? Er wird ein Einzelgänger bleiben, der allein durch diese Sommernacht geht, allein in seine leere Wohnung, allein mit einer unerklärlichen Sehnsucht.

Bei einer nächsten Gelegenheit trieben Seras Augen das gleiche Spiel, aber da saß Enrico nicht neben ihm.

Jetzt muss er aufstehen! Er muss sich bewegen! Er muss etwas tun! Weinler ist weg! War er nicht aufgestanden und hat etwas zu ihm gesagt und war aus dem Saal gegangen? Ihm ist, als habe er geträumt. Er geht zur Bar, die nun, anstelle der Tischbedienung, eröffnet ist, lässt sich einen Rotwein und ein Wasser einschenken. Den Gedanken an seine lange Heimfahrt, mit dem Auto, verdrängt er. Jetzt möchte er ganz hier sein: Allein der Musik zuhören, in Ruhe seinen Wein trinken, das Gewoge der Menschen ringsum noch etwas betrachten und dann auch nachhause fahren. Auf dem Rückweg zu seinem Platz geht er am Kopfende der Tafel vorbei und trifft auf Klausmann mit Donners, einem Unbekannten und zwei Frauen, im Gespräch versunken, so wie sie die Köpfe zusammenstecken. Er will vorbeihuschen, aber Klausmann hat ihn bemerkt:

„Pistorius, auch noch unterwegs?"

Er steht auf, steht groß vor ihm und haut ihm mit seiner schweren Hand auf die Schulter.

„Den Ritterschlag hast du ja schon erhalten, vom großen Boss selbst. Darauf müssen wir trinken! Hock dich kurz zu uns."

Für eine Erklärung findet er keine Zeit und keine Lust.

Er wird den beiden Frauen und dem Unbekannten vorgestellt: Eine der Frauen ist dessen Begleiterin, die andere, die Ehefrau von Klausmann, der mit großer Geste und etwas Schlagseite diese Zeremonie durchführt. Alles andere hätte er lieber getan, als sich zu diesen Leuten zu setzen. Sie heben die Gläser, auch Donners, zögerlich, offensichtlich den anderen zuliebe, denn er blickt dabei an ihm vorbei, in den Saal. Die anderen schauen zu ihm auf und rufen:

„Glückwunsch, Prost, Alles Gute. Ex!"

Das herbe Getränk, in seiner Fülle, fällt Pistorius in den leeren Magen und steigt ihm rasch zu Kopf.

Die Frau des Unbekannten, jünger als dieser, schaut ihm tief in die Augen, während sie mit ihren vollen Lippen den Rand ihres Rotweinglases streichelt und dann lächelt, traumhaft schön. Die haben schon alle schwer getankt, denkt er.

„Wollen wir tanzen, auf ihren Erfolg? Vorher trinken wir nochmal. Ich bediene euch."

Sie nimmt die Bestellung der anderen entgegen. Nur die Frau von Klausmann macht eine abwehrende Handbewegung. Ihn fragt sie nicht und geht zur Bar. Klausmann stößt ihn in die Seite:

„Heute ist Dein Glückstag. Morgen geht's weiter."
Sie trinken nochmal aus den neuen Gläsern, die sie aneinanderstoßen, kräftig; nur Klausmanns Frau nippt mit spitzen Lippen. Sie wirkt so zart und sanft, ein Gegensatz zu ihrem derben Gatten.

"Aber jetzt haben wir beide besseres vor, kommen sie!" Die junge Tänzerin reicht ihm die Hand, quer über den Tisch und hält sie fest, während beide, mit über die Köpfe der Sitzenden gestreckten Armen, in Richtung der Tanzfläche gehen. Sie lässt seine Hand nicht los. Diese spontane, vertrauliche Nähe einer Unbekannten ist er nicht gewohnt und macht ihn ungelenk.
Am unteren Tischende singt eine Gruppe zur Musik:

„We are the champions, my friends", lauthals, dröhnend, falsch. Auf der Tanzfläche herrscht Gedränge. Sie müssen sich zwischen die rhythmisch bewegten Körper der anderen zwängen. Er legt seiner Partnerin einen Arm an ihre Hüfte und hält so eine Elle Abstand, mühsam. Sie jedoch drängt sich an ihn, nimmt seine Hand von ihrer Seite und legt sie sich weit um ihre Taille:

„Es ist kaum Platz für uns zwei. Ach, die Beatles:

„While my guitar gently weeps!"

Ausgerechnet diese schmeichelnde Melodie, denkt er. Sie drängt nicht nur, sie drückt sich an ihn. Er fühlt die leichte Wölbung ihres Bauchs, ihre Schenkel. Sie bewegt sich rhythmisch an ihm, lässt sich leicht in seinen Armen führen. Auch ihr Gesicht ist dem seinen viel zu nahe. Ihre schwarzen Haare streichen ab und zu über seine Wangen. Sie schaut ihn fragend an.

„Ich glaube, ihr Gatte beobachtet uns."

„Er ist nicht mein Mann und auch nicht mehr mein Begleiter. Mein Vertrag ist um ein Uhr ausgelaufen. Ich bin wieder zu haben."

Sie blickt ihn mit großen, dunklen Augen und einem theatralischen Augenklimpern an.

„Er bucht mich immer bei solchen Anlässen, damit die anderen nicht merken, von welchem Ufer er ist. Du verstehst? Aber ich glaube, alle wissen es und machen gute Miene zu unserem Spiel."

Wieder diese sanften Rhythmen!

„Put your head on my shoulder"; der Leadsänger intoniert, täuschend ähnlich, Paul Anka. Ein Lieblingssong von Susanne! Wie kommt er bloß von dieser Schönen weg, fragt er sich mit wiedersprechenden Gefühlen, denn er verliert zunehmend seine Hemmung. Wann hat er das letzte Mal eine andere Frau als Susanne, in den Armen gehalten? Noch dazu so eng! So drängend! Es ist nicht richtig, was er da macht! Aber, sie ist wundervoll weich und sanft und anschmiegsam und hingebungsvoll und leicht.

„Damenwahl!"

Die Gelegenheit, fährt es ihm durch den Kopf:

„Wollen sie, willst du nicht deinem verflossenen Auftraggeber eine Zugabe machen?"

„Das will er nicht. Er wartet darauf, mit seinem Freund zusammen zu sein. Ich kenne das; er hat für mich ein eigenes Zimmer im Haus gebucht. Es ist klein, aber süß. Willst du´s sehen? Wir könnten in Ruhe noch ein Gläschen zusammen trinken. Mir wird das hier allmählich alles zu laut und zu heiß. Oder wolltest du mich gerade loswerden? Ich gehe jetzt, du könntest noch etwas an der Bar trinken und mir folgen. Ich warte im Foyer auf dich, und du folgst mir dann unauffällig, wenn du willst."

Sie löst sich aus seinem Arm, ohne eine Antwort abzuwarten, und geht aus dem Saal. Er schaut ihr nach, wie sie sich durch die Menge schlängelt und glaubt zu träumen. Er will jetzt nur noch da sein; nicht daran denken, was er heute erlebt, erlitten, ertragen musste, was ihn Morgen erwartet: Die Leiche, die Gespräche, die Anfeindungen, die kleinen Scharmützel, das neue Hauen und Stechen. Er will nicht daran denken, was mit Susanne sein könnte und was mit dem großen Boss los war. Er kann jetzt nichts ändern. Er wird alles richten, wenn´s so weit ist. Jetzt ist er nur hier. Er hat diese Stunde sauer verdient. Er wird dieser Traumhaften nachgehen! Er vergisst, dass er noch immer zwischen den Tänzern steht, unbeweglich, und wird von allen Seiten angestoßen: Ein Fremdkörper jetzt, als hätte sie ihn stehen gelassen, mitten auf der Tanzfläche. Wie sie es angegeben hat, geht er folgsam zur Bar: Das dritte Glas Wein hält er im Stehen in der Hand und blickt sich um: Weinler sieht er nicht; er ist wohl heimgegangen; irgend etwas hat er zu ihm gesagt. Er erinnert sich nicht. Seine Lieblingsfeinde sind ebenfalls nicht mehr zu sehen. Bergler, das fällt ihm erst jetzt auf, hat er den ganzen Abend nicht zu Gesicht bekommen, nach ihrem kurzen Intermezzo im Büro. Halb leert er das Glas. Er will sich nicht betrinken. Er glaubt sich unbeachtet und geht an den langen Tafeln, die überladen sind mit den Resten des Gelages, vorbei, aus dem Saal und lässt die Musik, die Gesänge und das Stimmengewirr hinter sich.

Im Foyer ist sie nicht! Hat es ihr zu lang gedauert, auf ihn zu warten? Hat sie angenommen, er wird ihr nicht nachgehen? Teils ist er enttäuscht, teils erleichtert. Was hat er erwartet? Sex? Das dürfte er Susanne nicht antun. Auch wenn er ihr nichts erzählen müsste, gibt es eine Aufrichtigkeit zu sich selbst: Die Dinge werden nicht gerechtfertigt, wenn sie unentdeckt bleiben. Zusammen trinken, sie anschauen, Musik hören, plaudern. Er hätte

bei ihr übernachten können, hätte sich die lange Heimfahrt erspart, hätte Morgen ausgeruht sein können. Sie ist
doch die Behandlung von Managern in seinem Zustand
gewohnt. Sie hätte sicher verstanden, dass er nur schlafen
wollte. Susanne hätte er nicht die ganze Wahrheit erzählt, aber er hätte sie dabei anschauen können, denn er
hätte nichts Unrechtes getan, ein bisschen schräg, aber...
Er steht mitten im Foyer, in Gedanken, unschlüssig. Es
fällt ihm schwer, sich zu entschließen, zum Ausgang zu
gehen und damit die Sache endgültig werden zu lassen.
Hoffnungsschwach durchblickt er nochmals die Halle.
Ihr feierliches Ambiente, das er in, seiner Wartezeit als
so passend empfunden hat, wirkt jetzt etwas abgestanden.
Oder musste er es zu lange ertragen, während seines
fruchtlosen Rundgangs? Noch ist der Tanzsaal am Kochen, wie er bemerkt, wenn sich ab und zu die Tür öffnet,
einen Gast entlässt, der eilig zur Toilette strebt und einen
Lärmschwall mit sich zieht. Da entdeckt er sie auf dem
obersten Treppenabsatz, in einem Sessel sitzen. Er vergisst alles, seine teils teils Erwägungen, geht die Stufen
hoch. Sie erhebt sich, ohne ihm scheinbar Beachtung zu
schenken, schreitet nach oben. Er folgt ihr, wie ein Hund
seinem Herrn, denkt er, willenlos, selbstverständlich, ihre
weichen, betonten Körperbewegungen, vor sich im
Blick, hypnotisiert! Er sieht sie, in der Hälfte des Flurs
nach links abbiegen. Dort, in einem dämmrigen Vor-

raum, prallt er unvermittelt auf sie. Sie schlingt ihre nackten Arme um seinen Hals und küsst ihn. Er steht regungslos, steif vor Überraschung: Ihre vollen, warmen Lippen auf seinem zusammengepressten Mund!

„Ich weiß nicht einmal, wie du heißt."

„Nenn mich einfach Belle du jour."

„Aber das ist ein Film."

„Ja, lass uns in einen Film gehen, in die Traumfabrik. Machen wir einen traumhaften Film. Oder nenn mich Belle du nuit, das passt besser zu unserer Uhrzeit."

Sie hängt ihm immer noch am Hals, ihren feucht schimmernden Mund halb geöffnet, bereit für seine Lippen. Das kann er nicht! Sie ist nicht geschminkt, stellte er fest. Da sagt sie nochmal:

„Ja, gehen wir, fliegen wir in die Traumfabrik, weit weg von eueren schrecklichen Eisenfabriken, dort, wo ihr die Menschen zu Maschinen macht und Probleme produziert und euere Herzen und euere Sehnsüchte zu Herstellkosten werden."

„Schön, wie du das sagst. Woher weißt du das?"

„Ich bin in diesem Milieu aufgewachsen. Meine Familie ist daran kaputt gegangen und viele andere, denke ich, auch."

Sie löst sich von ihm; erleichtert hält er sich an der Sachlichkeit ihres Wortwechsels fest.

„Aber förderst du nicht mit deinen, wie du es nennst, Verträgen, gerade die Akteure dieses Milieus? Gibst du ihnen nicht neue Kraft und Energie und vor allem eine Anerkennung ihres Tuns?"

„Glaube ich nicht! Ich schenke ihnen meine Aufmerksamkeit, meine Schönheit, für eine kurze Zeit, in der sie das wahre Leben spüren sollen oder, zumindest, erahnen. Wo sie gelöst von ihren unentwegten Gedanken an Gestern und Morgen, einfach nur da sein können, heute, jetzt, im Augenblick. Verstehst du? Ich mache keinen Sex. Ich bin nur ganz da für sie."

Während ihres Gesprächs hat sie mit großen, dunklen Augen seine Gesichtszüge abgetastet, als wollte sie seine Gedanken, nicht seine Worte verstehen. Sie wendet sich um und schließt die Tür in ihrem Rücken auf. Er folgt ihr in einen anheimelnden, mit einem warmen Licht erfüllten, kleinen Raum, in dem sein Blick zuerst auf ein ausladendes Bett fällt, dessen himmelblaue Decke halb zurückgeschlagen ist, einladend, aufnahmebereit. Sie sagt:

„Mach´s dir gemütlich", und blickt ihn lächelnd an, verführerisch, denkt er; sie hat ihm nicht übelgenommen, dass er nicht zurückgeküsst hat. Sie scheint wirklich ein hartgesottener Profi zu sein. Oder hat sie schon so viel Rotwein in sich?

Sie verschwindet ins Bad. Er ist, schon jetzt, in eine Traumfabrik geraten. Er fühlt sich seltsam leicht, schwebend, bodenlos. Es wird schwerfallen, ihr zu erklären, dass er bei ihr nur schlafen wolle, ohne sie zu brüskieren.

Oder sollte er sich nicht mit Erklärungen aufhalten, sondern während ihrer Plauderei einfach einschlafen? Oder sollte er dieses wunderbare Zusammentreffen als ein solches, als ein Geschenk, annehmen und sich in diesen Traum fallen lassen? Schluss mit dem Akteur dieses Tages, nur noch Objekt seiner Gefühle! Er setzt sich auf die Bettkante, wird schwer und schwerer; hier wird er nie mehr aufstehen können; sein Rücken krümmt sich und während sein Kopf nach unten, auf die Brust, sinkt, sieht er vor sich das Telefon, auf dem Nachttischchen. Er greift zum Hörer, mechanisch, gedankenlos, wählt seine Telefonnummer; und mit jeder Zahl, die er eintippt, kommt er seinem Zuhause näher, sieht Susanne im Bett, ihr Gesicht halb verdeckt von der Zudecke, die Haare, schlangengleich über das Kopfkissen verteilt. Manches Mal schläft sie so schnell ein, noch während sie sich ins Bett fallen lässt, dass sie vergisst, die Nachtischlampe auszuschalten. Er erwartet keine Antwort, wie den ganzen Tag über, aber er hat damit alles versucht, bis zuletzt. Will er nur sein Gewissen beruhigen? Sucht er nur einen Ausweg aus diesem Zimmer, weil er von sich aus unfähig ist zu entscheiden? Er weiß doch ganz genau, dass er neben dieser Frau nicht einfach einschlafen kann. Lang hält er den Hörer in der Hand, der seinen Klingelton unentwegt ins Schlafzimmer von Susanne schickt, in ihren Schlaf und Traum.

„Jaaa", mit einem langgezogenen, gehauchten, zarten, verhallenden A. Bist du es, Peter?"

Ein elektrischer Schlag, wie er ihn kennt, könnte ihn nicht tiefer durchzucken!

„Ich komme gleich zu dir, liebste Susanne. Schlaf weiter."

„Endlich, ich warte auf dich."

Er legt auf. Eine gewaltige, atemlose Sehnsucht nach ihr durchströmt ihn. Er nimmt ein Blatt aus dem Block, der neben dem Telefon liegt, und schreibt:

„Meine liebe Belle du nuit, ich habe meine Sehnsucht gefunden. Ich danke dir."

Dann geht er aus dem Zimmer und schließt leise die Tür hinter sich, hastet den Flur entlang und schreitet langsam die Treppe hinunter, um nicht aufzufallen, aber die Halle ist menschenleer.

Die Tür, vor der er so lang gewartet hat, steht halb geöffnet. Er geht in dieses Büro. Natürlich erwartet er dort niemanden. Er will sich vergewissern, dass er wirklich hier war, dass dieser Vorgang stattgefunden hat, wie er ihn erinnert, so merkwürdig, wie sein Ende gewesen ist. Vielleicht will er auch nur einen harten Schnitt machen von der Traumfabrik hin zur Eisenfabrik. Das Licht aus dem Foyer, fällt, durch den Türrahmen, auf einen leergeräumten Schreibtisch, auf die beiden Sessel, auf denen er so kurz, an der Seite des Assistenten, saß und reicht nicht bis zu dem Sessel, in dem Bergler so geistesabwesend versunken war, irgendwo im dunklen Hintergrund dieses Wohnzimmerbüros. Morgen wird sich auch das aufklären, sagt er sich, um einen Abschluss für seine Gedanken zu finden und sich beruhigt ins Foyer zurückziehen zu können. Er geht zur geöffneten Tür und hat das Gefühl, jemand säße in dem Sessel von Bergler. Er wendet seinen Kopf und sieht dort, im auslaufenden Lichtkegel, ein Paar Schuhe, zwei Füße. „Ach Gott, nicht wieder das Bild vom Wald", stöhnt er auf. Er wartet, bis sich seine Augen an die Finsternis gewöhnt haben. Da erkennt er einen Mann, schräg auf dem Sitz, so als wäre er dort hingeworfen worden. Sein Kopf, auf einer Armstütze abgelegt! Er beugt sich zu ihm hinunter: Es ist Weinler! Mit einem befreienden Seufzer stellt er fest, dass er einen Schläfer vor sich hat, der gleichmäßig und vernehmlich ein- und ausatmet. Den kann er beruhigt liegen lassen, denkt er, und geht vorsichtig aus dem Raum und schließt die Tür einen spaltbreit, damit Licht durchfällt und Weinler, sollte er in der Nacht aufwachen, nicht im Dunkeln sein müsste.

Vereinzelt durchqueren Gäste die Halle, hin zum Ausgang. Sind es die ersten oder letzten, fragt er sich? Dass ihn seine Traumtänzerin suchen könnte, das glaubt er nicht. Trotzdem geht sein gespannter Blick die Treppe hoch, bis zu dem Absatz mit dem Sessel, in den sie auf ihn gewartet hat. Sie war so selbstsicher bei allem, was sie sagte und tat. Sie ließ ihm keine Zweifel, was sie von ihm wollte. Oder bildete er sich das ein? Mit ihrem drängenden Körper, ihrem begierigen Kuss, zeigte sie ihm doch unmissverständlich ihre Absichten. Aber so unvorbereitet, wie sie ihn damit überfiel, schaltete sie um auf Sachlichkeit und Distanz. Wie gesagt: Ein Profi in Sachen Beziehung. Was wollte sie wirklich von ihm? Er ist nicht der Typ, der eine solche Frau verwirren könnte. Und sie ist nicht der Typ für eine Nacht, denkt er. War sie gar auf ihn angesetzt? Aber seine Erfahrung mit Frauen hält er für bescheiden. Sein Abgang von ihr empfindet er jetzt als unüberlegt, ja sogar feige. Aber die Stimme von Susanne hat ihn außer Gefecht gesetzt. Er hat nur noch einen Gedanken gehabt, nein, es war kein Gedanke, sondern eine Stimme in ihm, sie zu sehen, bei ihr zu sein, sich fallen zu lassen in ihren warmen Blick, in ihre Zuneigung, um alles, alles, zu vergessen, wenigstens bis Morgen. Seinen Aufbruch bereut er nicht, nur dieses Davonschleichen hat sie nicht verdient. Für einige Augenblicke ist er versucht, unter irgendeinem Vorwand, zurückzugehen, um sich ihr zu erklären, einen aufrechten, sauberen Abgang hinzulegen. Dabei könnte er sich nur lächerlich machen. Susanne wartet auf ihn. Er geht endgültig zum Ausgang.

Jetzt wäre die Zeit da, die Marmornymphe zu streicheln, die Hand zwischen ihren Arm und Körper zu schieben, zum Abschiednehmen, wie ihm das Weinler geschildert hat, aber er hat genug vom Streicheln, vielmehr von der Vorstellung, von seinem Hin und Her zwischen Hingabe und Ablehnung, während des Zusammenseins mit Belle du nuit. Ob er sie Morgen noch einmal sehen wird? Nachdem sie keinen Vertrag mehr hat, wird sie wohl bald abreisen.

Morgen hätte er ohnehin keine Zeit mit ihr zu sprechen, ihr zu erklären. Morgen wird alles wieder aufgewärmt: Die Leichenschau, die ihm so sehr im Magen liegt, das Treffen mit Bergler und dem Boss, die leidige Sache mit Frau Zoltl, die Drohungen von Donners, das Palaver mit Klausmann und sein eigentliches Anliegen, weswegen er angereist war: Die einzige Erleichterung, diese Sache ist fürs Haus erledigt. Die nimmt er selbst in die Hand.

Seine Stimmung sich hängen zu lassen, nur sein Dasein zu empfinden, einfach zu leben, im Augenblick, ist restlos verflogen. Sein Verweilen in der Traumfabrik: Ein paar Herzschläge lang, ein Hauch, das Verhallen einer süßen Melodie, kaum begonnen! Die Gedanken an Morgen quälen ihn, und gleich wird auch die Vergangenheit ihn überfallen wollen, denn alles war schon Gestern, wie ihn ein Blick auf die Uhr sagt. Er wird den Termin mit der Polizei verschieben, auf den späten Vormittag, und anschließend hierher zurückkommen, zum Mittagessen mit Bergler. Er muss sich ausschlafen.

Er steht am Ausgang, auf der Freitreppe, die zum Parkt hinunterführt. Die Nachtkühle empfängt ihn, vorbei die lauen Nächte; der Herbst macht sich bemerkbar. Tief atmet er die Dunkelheit ein, Feuchtigkeit und Moosgeruch.

Die Wirkung von Belle du nuit und vom Rotwein sind verflogen. Eine haltlose Müdigkeit stülpt sich über ihn. Er möchte sich auf diese Stufen setzen und die Augen schließen. Hat er sein Herz verkauft, wie sie das formuliert hat? Traumfabrik und Eisenfabrik! Ja, er hat sich auf ein Schlachtfeld gestellt, teils freiwillig, teils gezwungen. Er ahnte nicht, was ihn erwartete. Jetzt muss er mitmachen beim Hauen und Stechen oder er flieht, er macht sich aus dem Staub. Er fühlt sich noch fähig genug, seine alte Rolle abzulegen und eine neue zu suchen, die ihm liegt. Oder sollte er das Rollenspiel endlich sein lassen und versuchen, er selbst zu sein? Susanne wird ihn unterstützen; davon ist er überzeugt. Obwohl sie nie etwas gesagt hat, fühlt er, sie ist nicht glücklich mit dem, was er tut.

Er hat mehr als sein Herz verkauft; das Pfund, mit dem er wuchern sollte, hat er das verspielt? Die Frage überfällt ihn plötzlich, während er aus dem Park, auf die Straße, zu seinem Auto geht: Ein tiefes Schuldgefühl - oder ist es Verlassenheit – macht sich in ihm breit. Wo sind seine Pläne, seine Ideale, seine Ideen vom Sein und nichts Haben geblieben?

„Lost in Translation!"

Dann wundert er sich über die vielen Fahrzeuge, die hier noch abgestellt sind. Übernachten ihre Fahrer hier oder tanzen sie noch? Er hat nicht mehr darauf geachtet, was um ihn vorging. In seinem Wagen denkt er daran, die Liegesitze einzustellen, um zu schlafen, kurz nur, aber er schlägt diese Versuchung aus, setzt sich aufrecht und will sich ein paar Minuten entspannen. Morgen muss er fit sein. Es bleiben ihm nur wenige Stunden Schlaf. Morgen will er sich nicht auf einen Kampf einlassen, nicht auf Konfrontation gehen. Sein scharfer, analytischer Verstand, soll seine Waffe sein. Kühl und sachlich will er vorgehen gegen die emotionsgeladene Polterei eines Donners, gegen die Paragraphenreiterei eines Finanzleiters und die Haudraufattitüden eines Klausmanns. Mit Nachgiebigkeit und Kompromissbereitschaft will er sie, die immer sprungbereiten, einwickeln. Seine Freundlichkeit und Herzenswärme gegen ihre Raubeinigkeit und Egozentrik! So wird er sie entwaffnen!

Die Sache mit dem Assistenten und dem Boss wird sich auch Morgen klären. Höhere Weihen hat er nicht erwartet und will sie auch nicht. Er will nicht mit Donners und Konsorten heulen müssen. Er will nicht mehr auf Kosten seines Körpers, seiner Überzeugung und Ideale, seiner Liebe zu Susanne, in diesem Job sich verlieren, sein Herzblut hergeben! Er wird noch dieses Projekt, das er mit sich herumträgt, den ganzen Tag über, unveröffentlicht, durchziehen, allein, und seine Firma dadurch in einen stabilen Zustand versetzen und seinen Leuten eine gesicherte Zukunft verschaffen und dann, mit gutem Gewissen, etwas Neues anfangen, das auch Susanne gefallen soll. Ihn überkommt die Zuversicht, es wird sich alles zum Besten wenden: Ein guter Weg liegt vor ihm. Ein neues Leben erwartet ihn, weil er alles selbst in die Hand nehmen wird. Er wird der Akteur sein, nicht mehr von den Gnaden und den Eigeninteressen der anderen abhängig sein. Er wird Hauptdarsteller in seinem eigenen Stück werde.

„Hilf dir selbst, dann hilft dir Gott", sein alter Wahlspruch. Der Herr wird seine Anstrengungen mal göttlich multiplizieren. Selbst hat er erfahren, man muss den Mut haben, Neues anzufangen und es ergeben sich Dinge, an die man nie gedacht, die man nie für möglich gehalten hätte.

Falls Susanne Wort halten kann und noch wach ist, wenn er heimkommt, will er mit ihr seine Zuversicht teilen und sie dabei anschauen, wie sie reagiert. Zu dieser Stunde, im Halbschlaf, wird sie sich nicht verstellen. Sie wird ihm ihre spontane Reaktion offen zeigen; darauf freut er sich. Noch besser! Er wird sich freinehmen, nachdem hier alles getan ist; zwei, drei Tag Urlaub wird er nehmen. Mal wieder richtig Fuß fassen im Haus und zusammen mit Susanne etwas unternehmen. Er hat das Gefühl, sie laufen immer in Eile, immer unter Druck, aneinander vorbei, immer schneller. Die Wochenenden, an denen sie zusammen sind, fliegen dahin: Ein Ankommen, sich einfinden, sich auf den anderen einstellen, und schon wieder an Abreise denken; jedes Mal, da gewöhnt er sich nicht daran, dieses schmerzliche Gefühl Abschied zunehmen, um vielleicht nie mehr zurückzukommen. Er ist ein Besucher in seinem eigenen Haus geworden. Er ist ein Gast seiner eigenen Frau. Er darf sich nicht wundern, dass sie ihr eigenes Leben führt, dass sie heute den ganzen Tag nicht erreichbar gewesen ist. Ob sie einen Freund hat, einen Liebhaber? Er traut ihr das nicht zu. Sie ist so aufrichtig, so ehrlich, auch zu sich selbst. Aber sie ist auch nur eine Frau und eine schöne obendrein! Auch er ist aufrichtig zu ihr. Er hat ihr von Sera erzählt, ihre Schönheit beschrieben, ihre Augenspiele und sein fürchterliches Erlebnis an jenem Abend. Sie hat ihn misstrauisch angeschaut.

„Aber, wenn ich dir das erzähle, wenn ich sie dir beschreibe, wenn ich selbst diese Peinlichkeit nicht ausspare, siehst du doch, welchen Abstand ich dazu habe, wie wenig mich das berührt. Ich kann sachlich darüber sprechen. Ich brauche nichts zu verheimlichen."
Er will ihr in aller Offenheit sein Treiben, dort unten, nahebringen. Sie dürfen keine parallelen Leben führen.

„Du hast sie mit so leuchtenden Augen beschrieben. Sie muss ja ein Wunder an Schönheit sein; und das lässt dich kalt? Das soll ich dir glauben?"

Gibt es leuchtende Augen?

Es gibt wahrscheinlich eine schonungslose Offenheit. Er sollte sie nicht überfordern.

„Ich hätte dir das nicht erzählen brauchen. Aber wäre es dann nicht etwas gewesen, das nur mich angeht? Etwas ohne dich? Etwas Heimliches?"

Er fühlte, je mehr er redete, desto mehr verstrickte er sich in seinen Erklärungen. Das fing an gefährlich zu werden. Er wollte das Thema abwürgen.

„Ich versichere dir, wenn du willst, schwöre ich, ich habe nichts mit dieser Frau zutun und will es auch nicht. Sie ist mir gleichgültig."

„Man ist nicht immer Herr seiner selbst, schon gar nicht in Sachen Liebe."

Jetzt konnte er den Spieß umdrehen, den sie gegen ihn gerichtet hat. Vielleicht ist da auch einer, der ihr schöne Augen macht. Er würde sich nicht wundern. Sieht er doch die Männer, wie sie sie anschauen und das offensichtlich ohne Hemmungen, selbst wenn er neben ihr steht, wieviel schamloser, wenn sie, meist die ganze Woche, allein ist:

„Das klingt, als könntest du dazu auch etwas erzählen."

„Jetzt lenkst du ab. Wir waren noch bei dir und deiner Sera."

„Sie ist nicht meine Sera. Das ist absurd. Ich habe weder mit ihr noch mit irgendeiner anderen zu tun. Abgesehen davon, dass ich das nicht will und brauche. Ich könnte das mir gar nicht leisten. Ich werde mit Argusaugen da unten beobachtet. Da hätten sie mich ganz schön am Hacken. Vielleicht ist diese Frau sogar ein Köder, den sie mir auslegen. Wer weiß! Wie auch immer: Keine Gefahr!"

„Ich glaub´ es dir ja, ich vertraue dir ganz."

„Wir waren bei dir und dem, der dir schöne Augen macht."

Sie lacht, steht auf, beugt sich zu ihm und gibt ihm einen Kuss. Er muss sich unbedingt ein paar Tage freinehmen, für sie. Und dann muss er sie mal wieder mitnehmen, in den Süden.

Dem Einschlafen nahe startet er den Motor. Das warme Brummen beruhigt ihn. Der Lichtkegel seiner Scheinwerfer frisst sich durch diese schmale Wohnstraße, vorbei an den schlafenden Villen. In wenigen Minuten ist er auf der Zufahrtstraße, die er gut kennt und schnell befährt. Er kurbelt das Seitenfenster herunter. Eine scharfe, feuchte Nachtluft schlägt ihm ins Gesicht. Er ist allein unterwegs. Aber er muss aufmerksam die Straße beobachten. Um diese Nachtzeit könnte Wild, aus den nahen Wäldern, die Fahrbahn überqueren. Auch diese Strecke bringt er rasch hinter sich und biegt auf die Autobahn ein. Jetzt ist sein Heimkommen absehbar. Nur noch geradeaus fahren! Er lässt seine so schweren Augenlider, zu ihrer Entspannung, zufallen: Ganz kurz nur, denkt er.

Als er die Augen wieder öffnet, ist es weiß und hell um ihn: Sonnenschein oder Scheinwerferlicht in einem Raum und etwas Nebel! So weiß alles um ihn! Auch die Bettdecke ist weiß und die Frau, die am Bett sitzt, ist weiß gekleidet. Sie hält seine Hand, die Rechte; er fühlt nur ihre Finger auf seinen Fingern, weil der Handrücken auch weiß abgedeckt ist. Sie sagt:

„Peter, liebster Peter, ach, Gott sei Dank!"
Immer wieder sagt sie das. Er kennt sie nicht. Sie hat eine weiße Mütze und große, dunkle, schwere Augen, die ihn anschauen, so nah, und aus denen Tränen fallen. Wen meint sie mit Peter? Den Mann, der am Bett steht, auch weiß gekleidet, und von oben auf ihn herunterspricht?

„Herr Pistorius, sehen sie mich, verstehen sie mich?"
Wer oder wo ist „Herr Pistorius"? Er kennt keinen Pistorius!

MIX

Papier | Fördert
gute Waldnutzung

FSC® C083411

Zeitfracht Medien GmbH
Ferdinand-Jühlke-Straße 7
99095 Erfurt, Deutschland
produktsicherheit@kolibri360.de